卒業のカノン

穂瑞沙羅華の課外活動

機本伸司

ハルキ文庫

角川春樹事務所

目次

卒業のカノン

穂瑞沙羅華の課外活動

立春……（りっしゅん）

1

「バイトはもう済んだのかね、綿《わた》さん」と、彼女が言った。

その声はもちろん少女の声だったのだが、話し方はまるで男のようだった。

正直、ちょっと驚いた。僕は誰にも、自分のアルバイトのことについて話したことはなかったのだ。彼女がそれを知っているわけがない。

「どうしてそのことを……」

これが僕と彼女の、最初の会話だった。もう二年も前になる。

彼女とはもちろん、穂《ほ》瑞《みず》沙《さ》羅《ら》華《か》のことだ。〝ゼウレト〟という会社の精子バンクシステムを利用して生まれてきた、物理学の天才少女である。

幼少期をゼウレトの本社があるアメリカで過ごした彼女は、中学に進学する前に、母親の穂瑞亜《あ》里《り》沙《さ》とともに日本へやってきた。父親のことは隠されていたものの、彼女は自分で調べて、森《もり》矢《や》滋《じ》英《えい》という物理学者であることを突きとめる。

そして宇宙の謎《なぞ》に挑む巨大加速器〝むげん〟の開発にかかわりながら、飛び級で私立のK大学理学部に進学してきたにもかかわらず、彼女は周囲から好奇の眼差《まなざ》しを向けられることなどが災いして、引きこもってしまうのだった。担当教授の鳩村由子《はとむらよしこ》先生が素粒子物理のゼミに彼女を連れ出すために指名したのが、当時留年寸前だった僕、綿貫基一《わたぬきもとかず》というわけである。

点数稼ぎのつもりで彼女の家を探して会ってみたものの、僕という人間の何もかもを見透かすように、初対面でいきなり彼女は僕のバイトも言い当てた。もっともそれは、僕の個人情報をハッキングによって盗み見たにすぎなかったのだけれども……。

ゼミではいろいろあったものの、結局彼女は、大学を中退して高校の三年生からやり直す道を選ぶのだった。けれどもそうして始まった彼女との腐れ縁は、僕が〝ネオ・ピグマリオン〟という、カウンセリングから探偵まがいの業務までこなす会社に就職した今も続いている。そして両親が正式に結婚した後は、父方の姓の〝森矢〟となった彼女だが、そんな僕たちの仕事に協力するときや自分の研究に打ち込むときは、母方の旧姓である〝穂瑞〟を名乗っているのだ……。

何でこんなことを回想しているのかというと、単に僕が過去の思い出にひたりたいわけではなく、ちゃんとした理由がある。

二〇三〇年が明けて間もなく、サイエンタ出版の丸山奈津子《まるやまなつこ》さんという編集者が僕たちのところに訪ねてきて、「穂瑞先生に、是非《ぜひ》ともエッセイをお書きいただきたいんです」と頼み出したのだ。

眼鏡《めがね》をかけた小柄な女性で、化粧気はなく、話し方からも真面目《まじめ》さが伝わってくる。何でも社内で企画を出してみたところ、すんなり通ってしまったらしい。

しかし僕の予想通り、沙羅華は多忙を理由にそれを断った。研究活動だけでなく、今は大学受験をひかえているからとても引き受けられないと言う。

彼女は以前在籍していたK大学に再入学するのではなく、今回はある程度の総合力を試された上で、進学を認めてもらいたいと考えているらしい。そのため文系科目も入学試験にある国立のT大学一本に絞り、目下受験勉強中なのだった。

そのとばっちりは僕の会社も受けていて、彼女への仕事の依頼や業務を引き受けているネオ・ピグマリオンのコンサルティング部特務課特別捜査係――別名〝沙羅課神係〟も、開店休業状態に陥っていた。

ところが編集担当の丸山さんは、あきらめずに交渉し続ける。僕も沙羅華もちょっと困っていたとき、新たな仕事の依頼が特捜係に舞い込んできたのだった……。

そう、そのことについても、この備忘録に書いておかないといけない。実は我が社にとって最重要人物かつ要注意人物である彼女との仕事については、いずれ会社に報告書を出さないといけないので、こうして備忘録をつけているというわけなのだ。

しかしその依頼が、沙羅華とこの星で暮らす人類の進路を大きく揺り動かすことになるとは、初めは思いもしなかったのだが……。

2

二十四節気では〝立春〟らしいけど、暖冬の影響か、お正月から異様に暖かかった二月四日の月曜日の朝、僕はいつものようにベッドを抜け出し、バタバタと身支度《みじたく》を始めた。つけたままにしておいたテレビは、世界各地で深刻化する地球温暖化の影響に続いて、アメリカの宇宙太陽光発電施設の竣工式《しゅんこうしき》が、事故のため延期になるというニュースを報じている。巨大な受電施設が完成直前だったにもかかわらず、作業用ロボットが突然暴走して施設の一部を破壊したというのがその理由らしい。怪我《けが》人も数名出ているという。解説者によると、事故そのものの規模よりもエネルギー問題全体に与える社会的影響の方が大きいようだ。

出社した僕は、早速たまっていた出張旅費の精算から片付けることにした。僕の会社は、沖合の人工島にある比較的大きなビルを借りていて、僕が配属されているコンサルティング部特務課特捜係は、その一階にある。

向かいの席には、眼鏡のよく似合う知性的な女性——同僚の守下麻里《もりしたまり》さんが座っていた。会社では僕の少しだけ先輩だが、年は僕より一つ下になる。事務処理能力は抜群で、社長も信頼している逸材だ。

樋川晋吾《ひかわしんご》社長はまだ三十代で、普段は社長室にいるのだが、この特捜係の係長も兼務しており、彼のための係長席も用意してある。何しろ沙羅華は、我が社がカウンセリングや占いといったメインのサービスに使用している、〝久遠《くおん》〟という製品名の量子コンピュータの開発者でもある。その量子コンピュータがまた、いかにも彼女の思いつきらしく奇抜な代物なのだが、それについて触れていると長くなるので省略する。とにかく社長がここの係長を兼務しているというのは、それだけ彼女にかかわる業務は、我が社にとって重要ということの表れだと言えるだろう。

その沙羅華は僕たち社員よりも大きくて立派な机を提供されているにもかかわらず、めったに出社してこない。もっとも彼女は忙しくしているから、それも仕方ないのだが……。

そんな具合にぼんやりと彼女のことを考えていたとき、会社の電話が鳴った。

「綿貫君にお電話」受話器を取った守下さんが、電話を僕にまわした。「佐倉《さくら》さんという方からよ」

「佐倉って、あの佐倉俊介《しゅんすけ》か？」

懐かしいその名前をくり返しながら、僕は受話器を受け取った。大学のゼミで一緒だった友人だ。

久々に聞く声は、間違いなく彼だった。

〈いや、携帯に電話したけど、つながらなくて〉と、彼が言う。

そうだった。携帯はマナーモードにして、鞄《かばん》の中に入れたままにしていたのだ。

電話ながらも再会を喜び合った後、彼の方から切り出してきた。出張でこっちに来ているのだという。

〈久しぶりに会わないか？　できれば、穂瑞も一緒に……〉

受話器を握りしめながら、僕は首をかしげた。

「誘ってみるけど、多分、穂瑞は行けないんじゃないかなあ」

〈じゃあ、お前だけでも出てこいよ……〉

そういうわけで退社後、僕はターミナル駅のコンコースで彼と待ち合わせた。

片手をあげながら笑顔で近づいてきた彼は、相変わらずいい男だったが、スーツ姿で以前のチャラい印象は影をひそめていた。今は太陽光発電事業の大手〝アルテミＳＳ〟という会社の日本支社で、営業を担当しているという。

それから二人で繁華街に足を向け、お手頃そうな居酒屋チェーン店の暖簾《のれん》をくぐった。愛想のいい店員に案内されるまま、テーブル席に向かい合わせで座る。それぞれ好きなものを注文し、待っている間、彼は奥さんにメールを入れていた。そして取りあえず、生ビールで乾杯する。

「元気そうだな」

僕を見つめて、彼が微笑《ほほえ》む。

「ああ、何とかやってる」僕は軽くうなずき、「奥さんも元気か？」と彼に聞いた。

実は彼のパートナーになった旧姓保積《ほづみ》蛍《けい》さんも、僕たちとはゼミで一緒だった。当時彼女は男子学生のあこがれの的だったのだが、彼は何とその蛍さんと、できちゃった結婚をしやがったのである。

「彼女もすっかりお母さんだ」と、彼が言う。「毎日、育児に頑張っている」

「男の子だったかな？　女の子だったかな？」と、僕はたずねた。

「男の子で、もうじき五か月だ。まだ歩けないけど、可愛《かわい》いぞ」

彼はスマートフォンを取り出し、家族の写真を見せてくれた。かつてのプレイボーイの面影は、そこには微塵《みじん》も感じられない。

「すまんな、俺だけ先に幸せになっちゃって」

悪びれる様子もなく僕の肩をたたく彼に、ただただ苦笑いするしかなかった。

「それより仕事は？　順調なのか？」

「それなんだが……」彼は、痛いところを突かれたといった様子で、顔をしかめた。「お前を男と見込んで、頼みたいことがある」

そして座り直すと、僕に向かって頭を下げたのだった。

いくら鈍い僕でも、直感的に理解した。

「僕にじゃないんだろ？」僕は彼の顔をのぞき込んだ。「穂瑞にか？」

図星をさされたようにピクリと反応した彼が、ゆっくりと顔を上げる。

「他ならぬ俺からの頼みじゃないか。話だけでも聞いてもらえないか？」

僕はしぶしぶうなずきながら、彼の話に耳を傾けることにした。

彼はまず、今の仕事について説明を始める。

「アルテミＳＳの本社はアメリカにあって、先進諸国を中心に太陽光発電で成長してきた会社なんだが、究極の目標は、宇宙太陽光発電計画にあるんだ」

「宇宙太陽光発電……」

ニュースにもなっていたので、僕も名前ぐらいは聞いたことはあった。

「ああ。〝スペース《S》・ソーラー《S》・パワー《P》・システムズ《S》〟などとも言われ、国だけでなく民間も巻き込んで、開発が進められている。ちなみにうちの会社では、〝サテライト《S》・サン《S》計画〟と呼んでいるんだが……。

一言で言うと、無尽蔵の太陽エネルギーを宇宙空間でマイクロ波やレーザーに変換し、地上へ送って電気エネルギーに変換するシステムだな。長い研究期間を経て、いよいよ実証実験も最終段階にさしかかっている。しくみはお前でも分かるぐらいシンプルなんだが、ただし規模がデカい」

彼はビジネスバッグからタブレットを取り出し、僕の隣に腰かけた。ディスプレイには、宇宙空間を漂う人工衛星のイメージ図が映し出される。

営業マンだけあって、実に手際がいいと僕は思った。

「高度三万六千キロメートルの静止軌道上にある人工衛星だ。これに関してはさまざまなアイデアが提案されているが、うちは日本の重工業メーカーや、再使用ロケットなどで実績のあるアメリカの民間宇宙開発企業などと協力しながら具体化していった。大きく一次ミラー、二次ミラー、それらと係留《テザー》ひもでつながれた送電部に分かれていて、実証実験段階でも、一次ミラーの直径だけで五百メートルはある」

「そんなにデカいのか？」

僕は思わず声をあげた。

「これぐらいで驚くな。実用段階ではそれが二キロメートル以上にはなる。こうした、だだっ広い鏡と太陽電池で光エネルギーを受け止め、それをうちのSS計画ではマイクロ波にして地球へ送信するんだ」

彼の説明によると、まず一次ミラーと呼ばれる一対の大きな丸い鏡が太陽光を受け、向きを調整しながら小型の二次ミラーで反射させて、それを太陽電池が敷きつめられた送電部に照射するのだという。さらに光エネルギーは、マグネトロンという装置によってマイクロ波に変換されるとともに位相が制御され、送電アンテナから地球へと送られてくるらしい。

タブレットは、地上のイメージ図に切り替えられた。

「地上の受電施設も馬鹿《ばか》でかい。実用化に向けて計画が進むことを前提に、直径約二キロメートルの円形をした人工島が作られた」

イメージ図には、その施設に衛星からのマイクロ波が降り注いでいる様子が分かりやすく描かれていた。

「俺たちは〝整流アンテナ〟を意味するレクティファイング・アンテナ――略して〝レクテナ〟と呼んでいるんだが、まず専用の受信アンテナ群でマイクロ波を電気エネルギーに変える。それを集電所でまとめ、さらに変電所から実験に協力してくれる各家庭へ送るという流れになっている。

言うまでもなく莫大《ばくだい》なコストがかかる事業なので、失敗は許されない。リスクを抑えるために、まず日本とアメリカの二か所でほぼ同時にシステムを構築していった。つまり衛星も二基打ち上げ、受電施設も二つ建造している。どちらも今後、大量の需要が見込める地域だ」

彼のタブレットに、世界地図が表示された。

アメリカのカリフォルニア州沿岸と、日本の東京湾の、あるポイントにマークが入っている。カリフォルニア沿岸の方は、沙羅華と以前、行方《ゆくえ》不明者の捜索依頼で行ったことがあるあたりだと思って僕は見ていた。

「それぞれ建設工事はほぼ完了し、一万キロワット・レベルの送電実証実験を目前にひかえている。それに成功すれば、商業化に向けて一直線さ。規模をどんどん拡大していくだけだ。来世紀には、百万キロワット級の発電能力を有する人工衛星を、数十基も稼働させているはずだ」

彼は自慢げにそう言うと、僕の向かいの席へ戻っていった。

僕はそんな彼に、素朴な疑問を投げかけてみた。

「どうしてこんな大がかりなことを？」

「それをやらないことには、どうにもならないところまできているからさ」

「君の会社がか？」

「そうじゃない、地球そのものがだ……」

宇宙太陽光発電が提案された当初は、石油資源の枯渇が問題とされていた。けれども、地下深くに存在していたシェールオイルを採掘する技術の進歩や、メタンハイドレート――海底に眠る固形の化石燃料に活用の道が開けたことなどもあって、資源の枯渇に対する認識が変わり、計画が疑問視された時期もあったらしい。

「ところが、地球温暖化だ」と、彼は言う。「このまま化石燃料を燃やし続けていたら、食糧生産も水の供給も危機的状況に陥り、人類が自滅してしまう」

しかし原子力発電は、放射性廃棄物の処理などの問題が山積している。人工光合成などの研究は続けられているものの、どれも次世代のエネルギー源となるにはまだ時間がかかる。核融合発電となると、もっと先になるだろう。

そこで、再生可能エネルギーに注目が集まることになる。佐倉の会社も太陽光発電を普及させているが、究極の目標が宇宙太陽光発電なのだという。

「まず、既存の技術で実現可能だという強みがある」佐倉は枝豆をつまみながら、説明を続けた。「クリーンなエネルギーなのは言うまでもないし、地上の太陽光発電と違って、気象条件に左右されず、また昼夜の関係もなく二十四時間発電することができる。地球温暖化対策の柱ともなり得るわけだ」

僕はまた、思いついたことをそのまま口にした。

「でもマイクロ波がまとまって照射されると、火事が起きたり、野鳥もその場で焼き鳥になったりするんじゃ……？」

「お前みたいな奴《やつ》がいるから、なかなか計画が進まないんだ」彼は眉間《みけん》に皺《しわ》を寄せながら、僕を拳《こぶし》で突くようなしぐさをする。「お前、ちゃんと物理学科を卒業したんだろうな？」

「うん、ギリギリだったけど……」

僕は頭を指でポリポリとかきながら返答した。

「エネルギー密度は、太陽からのそれとほぼ変わらない。マイクロ波を直接受けても、少々暖かく感じる程度だろう」と、彼は言った。

ただ、長期間にわたる実験データはまだ十分とは言えず、生命への影響を考慮して、マイクロ波の照射中は受電施設への立ち入りは禁止されるという。

「そんなことより、問題はコストだ」彼がビールを飲み干し、おかわりを注文する。「衛星一つとってみても、実証実験段階でも数百トン、実用段階になると数千トンもの大量の部品を静止軌道まで輸送しなければならないわけだ……」

金がかかり過ぎるために国レベルの研究が国際協力に移行してもなお停滞していたとき、民間企業が本格的に乗り出したらしい。

「名乗りをあげた会社の一つが、バイオビジネスで大儲《おおもう》けしていた、ゼウレトだ」彼は僕を見つめて聞いてきた。「知ってるか？」

僕は小刻みにうなずいた。知っているも何も、沙羅華をこの世に生み出した企業である。

「ああ。遺伝子組み替え作物とか創薬とか、バイオに関することなら何でも手広くやっているところだろ。世界有力企業番付でもずっと上位にランキングされていたと思う。ひょっとして親会社は、そのゼウレトなのか？」

「他にも電力会社などから出資してもらっているがな。ゼウレトは、当時〝ヘリオテックス〟と名乗っていたうちの会社を買収し、社名もアルテミSSに変更した。太陽光発電事業を地道に継続する一方で、いずれは宇宙太陽光発電で得た電力を、遺伝子組み替え野菜の水耕栽培プラントに供給するような計画もあるんだ。ゼウレトのCEO、シーバス・ラモンは日系人で、うちの会長も兼務している」

佐倉はスマホを操作し、ラモンの顔写真を僕に見せてくれた。がっしりとした体格の中年で、どことなく政治家のような風貌《ふうぼう》をしている。

実は沙羅華と仕事でアメリカへ行ったとき、少しだけだが、僕も顔を見たことがあった。ただしその話を始めると長くなりそうだったので、佐倉には言わないことにする。

「民間が乗り出してからは、計画は順調に？」

僕がそうたずねると、彼は首をふった。

「そうでもないんだ。たとえば俺たちのSS計画でエネルギーの伝送に使うことにした約五・八ギガヘルツのマイクロ波というのは、いわゆる産業《I》・科学《S》・医療《M》用バンドに属していて、地上で使われている他の電磁波と、混信や干渉を起こしてしまうおそれがあった」

特に高速道路の電子料金収受システム《ETC》も五・八ギガヘルツのマイクロ波を使っていたため、関係各機関との難しい調整が続いたという。

「けどそれも、親会社が政治的に解決してくれた」

彼は、ラモンの顔写真が映ったままになっていたスマホを、まるで『水戸黄門《みとこうもん》』の印籠《いんろう》のように前へ突き出した。

「マイクロ波の照射エリアを厳密に限定することで、ETCなどとエリアがカブらないようにしている」

「当たり前のことじゃないか」ビールを飲みながら、僕は言った。「高エネルギーのマイクロ波に、そのへんをウロウロされたら困る」

「そんなこと、あるわけないだろ」

彼が笑いながら大声で否定するのを見て、僕もつい笑ってしまった。

「ところがだ」佐倉が突然、テーブルをたたく。「そんな具合に数々の難問をクリアしてきたにもかかわらず、完成前になっても、いまだにトラブッている」彼は再びタブレットを取り出し、受電施設の映像を表示させる。「数日前にもアメリカ側の施設で、事故が起きた」

タブレットに映し出されていた状況は、僕もテレビのニュースで見て、少しは知っていた。受電施設では、稼働中は無人となることもあって、建設工事期間中からメンテナンス用に、人型のリコンディショニング・ロボット——通称〝リコボット〟や、無人でも動かせる多目的作業車のマルチパーパス・ローダー——略して〝マルチローダー〟などを使っていたらしい。

「そのうちの何体かが、よりによってラモン会長の視察の日に暴走して、施設の一部を破壊したんだ」ビールを一口飲み、彼が続ける。「直《ただ》ちに事故原因の調査と修復に取りかかったものの、竣工までの調整作業に遅れが出てしまった。事故原因も、いまだに不明のままだ」

そのためアメリカ側では、竣工式の延期を余儀なくされたという。関連会社の株価も、一時的に値を下げたらしい。

「実は日本側も、予定より調整が遅れているんだ」と、彼はつぶやいた。「特にプログラムミス——バグ取りに手間取っているらしい。事故の影響もあって、アメリカ本社のエンジニアたちは手一杯で、助けには来てくれない。かと言って、アメリカに続いて日本側の竣工式も延期なんて、許されることじゃない。SS計画全体の信用にかかわるからな。本社もそうした姿勢は変えておらず、来月初めに予定されている竣工式には、ラモン会長も出席することになっている」

「ラモンが来日？」

「ああ。アメリカ側の式典が延期なんだから、対外的にも妥当な判断だろう。だからこそ、何が何でも日本での竣工式は予定通り開催し、是が非でも成功させなければならない」

彼は僕のことを、上目づかいで見つめた。

「もう分かってもらえると思うが……。実は俺、会社の連中と飲み歩いたときなんかに、天才少女の穂瑞沙羅華とゼミで一緒だったことを、よく自慢していたんだ。すると先日、開発部の先輩から頼まれた」

佐倉はスマホに保存していた、ツーショット写真を僕に見せた。彼と一緒に写っていたのは、中間管理職風の男性だった。

「開発部の次長で、芥田《あくた》というんだが……」

どうやらこの人物が、本当の依頼者のようである。

「頼む」彼は僕に向かって、手を合わせた。「日本側のSS計画がスケジュール通りに問題なく実現するよう、穂瑞に協力してもらえないだろうか?」

「具体的には?」と、僕は聞いた。

「スケジュールの遅れを解消するために必要なこと、すべてだ。と言っても工事そのものはほぼ終えているので、ソフト面だな」

「システムの完成度に不安でも?」

「ああ。プログラムの虫取り《デバッグ》も含めて、システムのチェックをお願いしたい。SS計画には社運がかかっているし、『穂瑞にならく顔がきく』と言った俺の手前もある。どうか頼む」

彼が僕に向かって、再び頭を下げる。

「そんなふうに言われても、僕がやるわけじゃないし……」僕は手を横にふった。「しかも仕事を選ぶ権利は、僕にも社長にもない」

「どういうことだ？」

いぶかしげに、彼が僕を見ている。

「どんな仕事をするか、あるいはしないかは、穂瑞一人が決めている。彼女と仕事を始めたときからの約束なんだ」僕は彼の顔をながめながら、首をひねった。「気の毒だが、今回は彼女に聞かなくても、無理かもしれないな」

「どうして？　忙しいからか？」

「確かに今、彼女は受験に集中するという理由で、他の依頼もすべて断っている」

「けど穂瑞ほどの天才なら、受験勉強なんかしなくても……」

「僕もそう思うんだが、それが、『自分は文系科目が苦手だから』とか言って……。とにかく今は僕が話しても、断られるのは目に見えている」

「しかし、会うだけでも……」

黙って僕は、首を横にふった。

実は彼女が断りそうな理由は、多忙なだけじゃなさそうなことを僕は察していた。

彼女は、自分を天才としてこの世に生み出したことで、自分の悩みや苦しみも生み出したゼウレトという会社にも、創業者のラモンにも、いまだに複雑な思いをいだいている。ラモンの顔も見たくないだろう彼女が、彼の関係する仕事に協力するとは、僕にはとても思えなかったのだ。

「そうか……」ため息交じりにそうつぶやくと、彼は顔を上げた。「ところで、お前たちはどうなんだ？」

「どうって、何が？」

「穂瑞とは、うまくいっているのかということだ。はぐらかさずにちゃんと答えてみろ」

僕が口をとがらせて黙っていると、彼が吹き出した。

「何だその、福引に外れてポケットティッシュもらったみたいな顔は……。まあ、分からんでもないがな。そもそもお前、〝いい人〟だけで終わってしまうタイプだもんな」彼は割り箸《ばし》の先を僕に向けた。「でもお前にその気があるんなら、ちゃんと捕まえておかないと」

「君も知ってるだろ。彼女、並の男に関心なんかない」僕はビールに口をつけた。「あえて言うなら、彼女の恋人は〝ＴＯＥ〟」

「ＴＯＥ？」

彼が聞き返す。

「ゼミでもやっただろう。セオリー《T》・オブ《O》・エブリシング《E》——宇宙のすべてが記述できるという、究極の方程式。いわば〝最終理論〟だ。多くの物理学者が目指しているが、いまだに解き切れていない。彼女もそれに囚《とら》われている一人なわけさ」

「そうだったな」彼は何度もうなずいていた。「ＴＯＥを知ることができるのなら、彼女は悪魔にだって魂を売りかねない……。けど、そんなもん好きになって、どうするんだ」

「そこが天才なんじゃないか。僕みたいな凡人には分からない。とにかくそのへんの事情がクリアになるまで、僕なんて眼中にもないのかもしれない。もっとも眼中にないからこそ、僕が彼女のまわりでうろちょろしても気にならないんだろうが」

「確かにお前、彼女がストレス発散するためのサンドバッグ代わりにはちょうどいいみたいだが、根本的に世界が違い過ぎるようだな。もう、あきらめた方がいいんじゃないのか?」

「それが、そういうわけにもいかないんだ。僕がどうのというより、何というか、彼女を一人にするのには、まだ不安が残る。彼女にも良くない気がして、ずっとそばにいるようにしてるんだが……」

「相変わらず、妙な理屈の多いカップルだな」馬鹿にしたように、彼が笑う。「そもそも、そんなふうに考えるから駄目なんだ。行動してから考えても、遅くはないと俺は思うがね」

なるほど……、と僕は思った。できちゃった結婚した彼だからこそ言える名言かもしれない。

「でも……」

首をふりながら話し始めた僕を、彼がさえぎる。

「分かってる。一歩ふみ出す勇気がないんだろ、お前には」そして小声でこう続けた。

「何なら、俺がお前らの仲を取り持ってやってもいいぜ」

「本当か？」

僕も小声で聞き返す。

「ああ。それには、本人に会わせてもらわないと」

彼の含み笑いを見て、僕は舌打ちをした。

そうきたか……。さすがは営業マンである。

僕はスマホを取り出し、沙羅華にメールを入れることにした。いきなり込み入ったことを書くと、その時点でアウトの可能性もある。なので、佐倉が来ていて久しぶりに会いたがっているとだけ伝えておいた。

すぐに返信メールが届き、明日の午後〝SHI〟で会おうということになる。SHIとは〝サラカ・ホミズ・インスティチュート〟の頭文字で、大型加速器〝むげん〟にある、彼女専用の事務所兼研究室である。

「恩に着るよ」佐倉は嬉《うれ》しそうに僕の肩をたたいた。「さすが、持つべきものは友達だな」

「人の弱みにつけ込んでおいて、何が友達だ……」

幸い僕のつぶやきは、店内の賑《にぎ》わいにかき消されて彼の耳には届かなかったようだ。それに僕はともかくとして、沙羅華に彼の営業テクニックが通用するかどうかは、ふたを開けてみないと分からないことのような気がする……。

その後は彼と飲み歩くこともなく、僕たちは駅前で別れた。

とにかく明日、彼を連れて沙羅華と会うことになった。久々に、あれこれ話ができるかもしれない。

そう言えば、彼女に合格祈願のお守りを渡すつもりでわざわざ有名神社まで行ってきたのに、渡しそびれたままになっていることを思い出した。彼女と会うときはいつも何やかやとバタバタして、いくつか用件を忘れてしまうのだ。今度こそ、しっかり渡そうと僕は思った。

3

佐倉とはうちの事務所で待ち合わせ、会社の車で沙羅華のいる〝むげん〟まで一緒に行くことになっている。おみやげに、彼女の好物であるイチゴのカップケーキか何かを買っておくよう彼には言っておいた。

翌日の午後、ビジネスバッグを持って事務所にやってきた佐倉を、僕は応接室に案内した。

彼はお茶を持ってきた守下さんを、ゆっくりと目で追っている。

「いい女だな……」彼女が応接室を出た直後に、ニヤニヤしながら彼がつぶやいた。「お前には穂瑞より、さっきの彼女みたいな女性の方が向いているんじゃないのか?」

僕はつい、大きな声で言い返した。

「急に何を言い出すんだ」

「そう向きになるな」笑いながら、彼が手をふる。「もっともこっちの方も、お前には無理っぽいがな……」

それから軽く打ち合わせた後、二人で駐車場へ向かう。

会社のロゴマークが入った白いバンの後部座席に、佐倉は自分のコートを置いた。

「今日も暖かいな」車が動き出すと、彼は外の街並みをながめながらそうつぶやいた。

「ちっとも寒くならない。むしろ暑いぐらいだ」

「暖冬なんだから、仕方ないだろ」と、僕は彼に言った。

「問題はやはり、地球温暖化だろう。大体、俺たちが想像していた未来って、こんなふうだったのか？　夏は暑いし、大規模災害は頻発するし……」

「電化製品にしろ車にしろ、確かにいろいろ便利にはなってるけど、長い間棚上げにした課題が、ポロポロ落ちてきている感じがするよなあ」

「ああ」彼は助手席のシートを少し倒し、空を見つめていた。「だからこそ、宇宙太陽光発電が少しでも役に立てばと思ってるんだ……」

国道から県道へ抜けてしばらくすると、正面の谷間に巨大加速器〝むげん〟の一部が見えてきた。直径二キロの巨大な二つのリングが、X状に交差した二本の線形加速器でつながれていて、無限大《∞》のマークに似た独特な形をしている。地上からでは、その全体像もなかなか分からないような巨大施設だ。

入場手続きを済ませ、線形加速器が交差する点——クロスポイントに近い駐車場に車をとめる。

佐倉は、テニスコート一面分ぐらいの広さのある〝畑〟の前で立ち止まり、懐かしそうにながめていた。

経緯を話し出すと長くなるが、〝むげん〟を建設する際に広大な用地の取得や整備が間に合わず、田んぼのまま残っていたところがあったのだ。以前、佐倉たちゼミの仲間と農作業をしたこともあったが、今はほとんど沙羅華と僕にまかされていて、畑として使っている。

「去年のうちに、何とか春野菜の種をまいたり、苗を植えたりしたところだ」僕は彼に説明した。「キャベツとか、タマネギとかエンドウとか」

「手入れが大変だろう?」と、彼がたずねる。

「ああ。結構、手間かな。でも気分転換になることもあるんだ……」

僕たちは、エレベータで上のフロアへ向かった。そこにはSHIだけでなく、他の研究者たちが使う観測室などがある。

「彼女と僕のこと、ちゃんと取り持ってくれるんだろうな」

エレベータ内で僕が小声で念を押すと、佐倉は鼻をこすりながら答えた。

「ああ。この件がうまくいったらな……」

しかしよく考えてみると、今の沙羅華に仕事の話をすれば、気分を害するのはほぼ間違いなく、それで仲良くなれるはずもないわけである。

エレベータの扉が開くと、吹き抜けの大きな空間が目の前に広がる。

SHIに向かって歩き出した僕は、何気なく鳩村先生のグループ専用の観測室をのぞいてみた。ちょうど先生がいらっしゃったので、挨拶《あいさつ》をしていくことにする。僕たちの恩師であり、沙羅華の研究活動における後見人的役割を果たしてくれている人だ。

そしてもう一人……。やはり彼もいた。僕たちの同窓生、須藤零児《すどうれいじ》だ。今は大学院生で、鳩村先生の助手も務めている。

二人はモニターに表示された実験データを見ながら、打ち合わせしている様子だった。

「お、綿貫やないか」

僕たちに気づいた須藤が、急に笑顔になる。

「それに佐倉君じゃないの、久しぶりね」

鳩村先生は嬉しそうに、彼と握手を交わしていた。

それから四人で、しばらく学生時代のことを懐かしく語り合う。佐倉は、ゼミ仲間だった奥さんの様子なども先生たちに伝えていた。

「お前もそろそろ結婚したらどうだ」

佐倉が須藤に言うと、彼は首をふった。

「わしはまだまだ大学院で勉強中の身やからなあ」と、コテコテの関西なまりで須藤が答える。「おまけに、わしの趣味に対する理解のある人でないと無理やし……」

確かに彼は、素粒子よりもサブカルチャーの研究に余念がないという個性的な奴なのである。暇なときは、ここを根城にしてアニメを見たりゲームを楽しんだりして過ごしている。

「それで佐倉君は、どうしてここに？」と、鳩村先生がたずねた。

須藤が先回りして、「やっぱり、沙羅華ちゃんに頼みごとと違うんか？」と、つぶやく。

観念したように、佐倉がうなずいている。

「でも今は無理じゃないかしら」鳩村先生はあごに手をあてて言った。「受験でピリピリしているし、会ってもらえるかどうか……。さしずめ、天《あま》の岩戸に隠れた天照大神《あまてらすおおみかみ》状態ね。よほどの用件でないと、引き受けてもらえないかもしれないわよ」

須藤が「ほな、裸踊りでもするか？」と言うと、いきなり得体の知れない振り付けで踊り出した。

「でもここまで来たんです」須藤を無視しながら、佐倉が鳩村先生に言った。「会わないわけにはいかない」

「分かったわ」先生は軽くうなずいている。「何もしてあげられないけど、頑張ってね」

それから僕と佐倉は、覚悟を決めてＳＨＩへ向かって歩き出した。

ＳＨＩの外見はドーム状で、沙羅華の閉鎖的な性格を揶揄《やゆ》して〝シェルター〟と呼ばれていた時期もある。ＳＨＩのドアの方をながめながら、〝天の岩戸〟という鳩村先生の比《ひ》喩《ゆ》も、あながち外れてはいないなと僕は思っていた。

ドアの前に立った佐倉は、生唾《なまつば》をのみ込み、僕の方を見つめて言った。

「おい綿貫、先に彼女の様子を見てきてくれないか？」

「君はどうするんだ？」

「俺は外で待つ。お前に根回ししてもらってからの方がいいだろう」

それも一理あると思った僕は、彼の肩に手をあてた。

「じゃあ、そうする。先に彼女のご機嫌を、うかがってくるよ」

「ああ、よろしく頼む」

彼は僕に向かって、手を合わせていた。

4

腕時計で約束の時間になったことを確認してから、僕はインターホンを押した。

案外、呆気《あっけ》なくドアが開いたので、僕は手をふる佐倉に目で合図を送りながら、ＳＨＩへと入っていった。

中は結構広い。と言うか、机とキャビネット類以外の家具はほとんどないから、広く感じられるのだ。女の子の部屋にしては、かなり殺風景でもある。

さらに床の片隅には非常用ハッチなんかがあって、それが余計にここを女の子の部屋らしさからはほど遠いものにしていた。下階の実験施設に直接通じていて、非常時に梯子《ラダー》でここから脱出できるようになっている。ただ過去の経験から言わせてもらうと、いかなる平常時であっても、沙羅華がこれを使うときがすなわち非常時になるのだと解釈した方がいいと僕は思っている。

その沙羅華は、赤いリボンがとてもお洒落《しゃれ》な冬バージョンの制服姿で椅子《いす》に腰かけていた。机に両肘《ひじ》をついて、スリープモードのままのデスクトップ・パソコンをぼんやりながめている。以前ベリー・ショートにしていた髪は、今は首筋のあたりまで伸びていた。無表情なのに、僕にはどういうわけか、それでも可愛く思えてしまう……。

それはともかく、机の上にはノートも参考書もない。

「受験勉強してたんじゃないのか？」

挨拶もそこそこに僕がたずねると、彼女は口をとがらせた。

「これからするんじゃないか。今はちょっと気分転換だ」

そしてスクールバッグからスティッキーのパッケージを取り出した。その名の通りスティック状のスナック菓子で、色からして今日は、イチゴスティッキーらしい。

佐倉に用意させたカップケーキと、イチゴでカブッたことに一抹《いちまつ》の不安がよぎったが、好物だからまあいいかと思い直した。

「勉強なら、家でした方がはかどるんじゃないのか？」

僕がそうたずねると、彼女はスティッキーを一かじりした。

「家に帰ると、父さんにあれこれ言われるから嫌だ。だから、こっちでした方がいい」

「ということは、森矢教授は……」

「ああ。今、日本に帰っている」

彼女の父である森矢教授は、アメリカのイリノイ州にある巨大線形加速器〝アスタートロン〟を擁する国際共同エネルギー実験機構《IJETO》という研究機関から招聘《しょうへい》され、今はアメリカに拠点をおいて活動していた。

お母さんの方は娘の受験を支えるべく、昨年末から帰国していたのだが、どうやら最近になって、父親も帰ってきたようだ。

「つまらないことで、また親子喧嘩《げんか》か？」

「つまらないことじゃない」ふくれっ面で彼女が答える。「私の進路のことだ……」

話を聞いてやると、森矢教授は沙羅華が推薦入試では大学を受けないと決めていることに、まず文句をつけたらしい。しかし入試に関して、今回は自分を特別扱いしてほしくないというのが、彼女の希望だった。

確かに彼女は以前、推薦でＫ大学に入ったものの、登校せずに引きこもってしまったという苦い経験の持ち主である。中退して高校生活からやり直し、再び大学受験をむかえるわけだが、同じ失敗をくり返したくないという気持ちは分からないでもない。

その一方で、「そもそも私を推薦するような勇気のある先生は、私の高校にはいない」という沙羅華の一言は、本当なのか冗談なのか僕にはよく分からなかった。

また彼女は、理系の能力のみで評価されたくないという理由もあって、志望校は国立の

T大学一本に絞っていた。だから不得手な文系科目も、猛勉強しているというわけなのだ。一次試験はすでに終わり、その結果を待ちながら、今月下旬に予定されている二次試験に備えているという状況らしい。

「当面の課題は、やはり国語だな」と、沙羅華が言う。「漢字の読み書きなんて大の苦手だし、慣用句の意味も、結構勘違いして覚えていた。文章問題だって、私には難物だ」

彼女はバッグから問題集を出して続けた。

「唐突に『主人公の心情』を問われても、いわば主人公と私とは他人じゃないか。何でそんなことまで、読み取ってやらなければならない？ 作者の意図だって、知ったこっちゃない。生きているということがああだのこうだの、文章問題はぐだぐだ長いだけで、何が言いたいのかも分からない。真に訴えたいことがあるなら、こんな文章なんかにせず、箇条書きにするなりして、はっきりそう言えばいいのに」

「それだとうまく伝わらないニュアンスなんかがあるから、文章にするんじゃないのか？」

「そもそも他の人間の考えていることというのは、そうまでして分からなければならないものなのか？ 本当に面倒な学科だ。方程式なら一目瞭然《りょうぜん》なのに……」

頭の後ろに腕を組んで椅子にもたれかかる彼女を見ながら、僕は受験以前に彼女が勉強すべき物事の多さを漠然と感じていた。

「でも、受験勉強で気づいたこともある。偏差値なんかで見ると、自分の傾向が客観的に分かるじゃないか。すると人としてのバランスの悪さを、嫌でも痛感するしかない」彼女は一度、ため息をもらす。「ゼウレトはこんな人間ばっかり作り出していたんだから、問題が起きてくるのはある意味、当然だよな……」

自嘲《じちょう》気味につぶやいた後、彼女は僕を見つめた。

「佐倉君が来ているんじゃないのか?」

僕は軽くうなずいた。

「ああ」そして先に沙羅華のご機嫌をうかがうように言われたことなどは口にせず、「さっき、鳩村先生や須藤には挨拶したんだ。君にも会いたがっている」と伝えた。

「仕事なら断る」単刀直入に彼女が言う。「何だか、気乗りしないんだ。前から言っている通り、当分は受験勉強に専念したい」

「それも彼には言ってある。久しぶりなんだから、とにかく会ってやれよ」

沙羅華が小刻みにうなずくのを見た僕は、外で待っていた佐倉を呼びに出た。

そして「まだピリピリしている。慎重にな」と彼に耳打ちし、ＳＨＩの中に入れてやった。

「やあ穂瑞、久しぶり」

作り笑いを浮かべた佐倉は沙羅華に近づき、下心丸出しのおみやげを机の上に置いた。

「思い出話ならいい。用件を聞こう」と、彼女が言う。

表情が固まった彼は、助けを求めるように僕の方を向いた。

僕が彼の耳元で、「用件を聞いてもらえるだけ、有り難いと思え」とささやく。

佐倉はビジネスバッグからパンフレットを取り出し、アルテミSSの会社説明に続いて、宇宙太陽光発電とSS計画について、立ったまま沙羅華に説明しようとしていた。

「SSPSなら、佐倉君に説明してもらわなくても知っている。ひょっとすると、君よりも詳しく」彼女がシニカルな微笑みを浮かべている。「だから、用件は？」

覚悟を決めたように、彼が再び話し始めた。

「開発部の先輩から是非にと頼まれたんだ。このままだと竣工式に間に合わないかもしれないので、君の力を借りられないかと……」

彼は、昨日僕が聞いたような内容を、やや早口で彼女に伝えていた。

「なるほどね……」彼女がおみやげのカップケーキを一瞥《いちべつ》する。「SSPSの実用化は、当初から危ぶまれていたことだから、驚くことではない。課題山積だからな」

「いくら課題があろうが、克服していかないと人類の未来はどうなる」

佐倉が軽く、テーブルをたたいた。

「私だって一応、事業の重要性は理解している。ただ個人的に、応用物理全般にはたいした興味がないだけだ。わざわざ人工衛星を打ち上げるのに、それで地上にエネルギーを送らせるというのも、私にはちょっと受け入れ難い」

「どうして？」と彼は聞いた。

「宇宙に衛星を送り込んだのなら、何で宇宙探査に使わないのかと考えてしまうんだ。そんなプロジェクトに、私が探究すべき未知なるものは感じ取れない。あえて言うとすれば、それだけのエネルギーを使って、人間は何故《なぜ》生きたいのかということぐらいかな。そもそもエネルギーは、そうまでして調達しなければならないものなのか？」

「エネルギーは、人類にとって最重要の課題の一つじゃないか。選択を誤れば、人類は自滅してしまうかもしれない」

「自滅するのなら、そこまでの生き物だったということだ。そんなことのために自分の時間を費やそうとは思わない」

佐倉は戸惑っている様子だったが、それぐらいのことは言うかもしれないと思って、僕は聞いていた。何せ彼女の関心は、宇宙の真理にしかないのだから……。

「そもそも私は今、忙しい」

彼女はわざとらしくパソコンのスリープモードを解除して、キーボードを打ち始めた。

「でも勉強なんかしなくても、お前なら受験なんて」と、佐倉が言う。

「受験だけじゃない。四月から私は、〝むげん〟の主任研究員に就任することが内定しているんだ」

そう言えば彼女は、今まで開発者特権は認められていても、ここでは曖昧《あいまい》なポジションでしかなかったことに僕は気づいた。今後は、一応の社会的責任をもつということだろう。

「それを受けて、年度替わりの四月一日、記念講演会というのをやらなければならない。そこで研究成果を発表するんだが、その準備も始めておかないと」

「それだって、過去の成果を整理すればいいだけなんじゃ……」

　佐倉がそう言うと、沙羅華は首をふった。

「私に期待されているのは、科学史を塗り替えるような新発見だ。おざなりの講演では許してもらえないだろう」

「ひょっとすると、ノーベル賞を狙《ねら》えるような？」

　彼のつぶやきを聞いた僕は、思わず口にした。

「まさかTOE——最終理論とか？」

「いや、そこまではいかない」苦笑を浮かべながら、彼女が否定する。「まだ内緒だが、ダークエネルギーについて、自分なりの考えをまとめるつもりだ。自分だけ分かればいいと思っていたけれども、そういうわけにはいかないようだからな。〝むげん〟を順調に二期工事へと進めるためにも、今の段階での成果もアピールしておきたい」

「二期工事？」

　佐倉の質問にも、彼女は簡潔に答えていた。

　現在〝むげん〟が安定して出せるのは、二十兆から最大でも三十兆電子ボルトで、それを当初の目標に掲げていた百兆電子ボルトにまで引き上げる計画だという。

「もちろん、TOEの研究も続けていきたいと思っている。私のライフワークとも言える、大きなテーマだからね。この宇宙の果てにいたるまで、いかなる法則が支配しているのかを是非とも突きとめたい。さらにTOEは、自分たちが存在している意味も教えてくれるはず……。そう思って、研究してきた」

沙羅華は顔を上げ、遠くを見るような目つきをしている。

「そのためにも大学は、数学科を目指す」

「え？」僕は彼女に確認した。「物理学科じゃなく？」

彼女が微笑む。

「綿さんは、TOEをどんなものだと思っている？」

僕は首をかしげた。

「僕なんかに分かるわけがないが、少なくとも質量と空間と時間の関係式なんじゃないか？　相対性理論や量子力学に出てくる式のような……」

彼女は左手の人指し指を立てると、ゆっくりと左右にふった。

「おそらくTOEは、質量がどうの、時空がどうのというレベルじゃない」

バッグからノートを取り出すと、沙羅華はその片隅に〝$E=mc^2$〟と記した。

これなら僕でも知っている。アインシュタインの特殊相対性理論によって導き出されるもので、質量とエネルギーが等価であることを示した画期的な方程式である。

「この式で私がユニークだと思うのは、物質をとことん突きつめていったら、時間と、距離——つまり空間の単位が出てくるという点だ。さらに突きつめると？」

彼女にそう聞かれた僕は佐倉と顔を見合わせ、黙ったまま首をふった。

「時間の単位でも距離の単位でもなくなるということじゃないのか？」沙羅華が落ち着い

た調子で答える。「そもそも時間の単位も距離の単位も、大昔の人間が暮らしていく上で便宜的に決めたものだろ？　だとすればＴＯＥはそんなものじゃなく、最終的に時間も空間も出てこない、単位系のない方程式で表せるのではないかと私は思っている」

僕は、「少し前に森矢教授と共同で発表した、〝量子場理論〟がそうなのか？」と彼女にたずねた。

「量子場理論にしても、素粒子と場が等価であり相補的というところまでは解き明かしたつもりだが、さらに突きつめた形の方程式にして表さないといけないと思う。それを言うためには、非ユークリッド幾何学などがどうしても必要になってくる」

「非、ユークリッド？」

「大学で少しは習っただろう」

「何も思い出せない」

「君の記憶はどうなっているんだ」彼女が首をかしげる。「もっとも君に教えるほど、私も理解しているとは言えない。だから大学で、しっかり勉強するつもりなんだ」

淡々とそう語る彼女を見ながら、佐倉はうなずいて聞いていたが、僕はちょっと意外に思っていた。

それを彼女にも気づかれたようで、沙羅華に「どうかしたのか、綿さん？」とたずねられてしまう。

僕は腕を組みながら、小さな声で答えた。

「いや、宇宙について語るときのお前は、何と言うか、もっと熱かったような気がして……」

彼女が目を伏せる。

「実を言えば、こうして研究を続けてきたおかげで、さまざまなことが分かってきた。でもその一方で、それだけじゃないと思えてならない」

「それだけじゃない？」

僕は聞き返した。

「ああ。うまく言えないし、自分でもよく分からないんだが、私のかかえている問題は、私なんかが考える以上の何かだというのは確かなようだ」

「何だかお前の話を聞いていると、エネルギー問題すら小さなことのように思えてくるなあ」

僕がそうつぶやくと、佐倉が大声を出した。

「お前らには小さくても、人類には大問題なんだ。この〝むげん〟だって、電気を食ってるじゃないか。エネルギー問題と無縁ではいられないはずだ。お前は自分の事情ばっかりまくし立てるが、俺だって……。正直、会社がどうにかなると困るんだ。俺だけじゃない、女房も子供も……。他の社員もみんな同じだ」

「そんなことを急に言い出されても……」沙羅華はちょっと困った表情で、佐倉を見つめた。「とにかく私は今、自分のことで頭が一杯で、他のことにかまっていられない。今だって、自分の勉強時間が削られるのが嫌だし、はっきり言って邪魔なんだ」

僕は、佐倉と沙羅華の顔を見比べて言った。

「けどこの仕事、確かにみんなのためにはなる。ことわざでも言うじゃないか。『情けは人のためならず』って。聞いたことないか？」

「意味ぐらい知ってる」不満そうに彼女が答える。「けど、どうして人を助けることが、自分を助けることになるんだ。論理的におかしくないか？」

そう言い返された僕は、返事に困っていた。

そもそも彼女は、人のために何かをするということが、うまく理解できていないのではないかと感じるときがしばしばある。精子バンクシステムを利用して生まれた天才児ということと、無関係ではないのかもしれないが……。

「君もこんなところで油を売っていないで、カウンセリングの勉強をしないといけないんじゃないのか？」と、彼女が言う。

その通りだった。僕は自分の将来のことも考えて、ネットの講座を受講したり、会社のカウンセリング部に勤務する先輩からいろいろ指導してもらったりしているところなのだ。

「お前がカウンセラーの勉強を？」

佐倉が不思議そうに首をひねっている。

「ああ。元々は穂瑞のアドバイスが元で勉強を始めたんだが」僕は彼女の方を見ながら続けた。「けれども肝心のこいつは、心理学にはあまり興味がないらしい。『人とかかわらなければいいだけの話』とか何とかのたまう始末で、身もふたもないんだ」

「だって、そうじゃないか」と、彼女は言う。「エネルギー問題にしても、化石燃料を使えば使うほど地球温暖化が進むと分かっていても使い続ける。こんな矛盾だらけの人間と、どうかかわれというのか。それに比べて数学は、どこまでも論理的で美しくさえある」

「だから人間よりも、数学に興味を？」僕は彼女に言った。「でも人助けとかは、理屈じゃないと思うけど」

「理屈じゃない？」と、彼女が聞き返す。

「ああ。人間、自分のためだけに生き続けることはできない。自分と同じように、人のことを思いやることも大切だと考える人もいる」

「特定の人を恋しく思ってその人のために何かをするというのは、何となく分かる」沙羅華はうつむきながら話を続けた。「でも見ず知らずの人まで思いやるというのは、納得がいかない。どうして誰も彼も思いやってやらないといけないんだ？　そんなことにかかわっていると、むしろ自分の才能が鈍るような気がする」

僕はどう答えてよいのか分からず、その場で彼女を見つめていた。

机に置いたままのパンフレットをパラパラとめくりながら、沙羅華がたずねる。

「それと、親会社はゼウレトなんだよね」

やはり、と僕は思った。

僕の隣でうなずいている佐倉を見ながら、彼女が続ける。

「エネルギー問題がどうのこうのと言ったところで、最終的にはゼウレトにお金が行くしくみになっている。そこが気に入らない。シーバス・ラモンも、電力事業に進出して、もう一儲けするつもりなんだろう。真面目にコツコツ働いている佐倉君に言っても仕方ないんだろうが、エネルギー開発も、真理の探究と似たところがある」

「どういうことだ？」と、彼が聞き返した。

「$E=mc^2$が核兵器に化けたことを例にあげるまでもない。それを手にした人間のモラルが問われるということさ。そもそも、何で宇宙で金儲けなんだ」

彼女はパンフレットを、指ではじいた。

ゼウレトに対して複雑な思いをいだいている彼女が、今回の依頼を受けたくないという気持ちも、僕には分からないでもなかった。

それでも佐倉は、沙羅華に食い下がる。

「親会社がどうであれ、宇宙太陽光発電が地球温暖化対策の切り札なのに変わりはない。滅亡の危機から人類を救えるんだ」

「そうだろうか」と、彼女がつぶやく。

「何だと？」

「人類救済どころか、ＳＳＰＳでもエネルギー問題が解決するかどうかは不透明だと言ってるんだ。大体、苦労して発生させたエネルギーを消費して、人間は一体何をすると思自信なげに彼が答える。

「だから、暮らしを豊かに……」

「まあ、そうだろうな。つまり新しいエネルギー源が開発されれば、エネルギーの利用量がさらに増え、自滅に向かうスピードが加速するだけだと私は思う。生活のなかに入り込んでしまった、便利で快適ではあるものの不可逆的で再生困難なシステムを、人間は我慢できるのか？　エアコンなんて、その最たるものだ。

本当に変わることが求められているのは、テクノロジーよりも、エネルギーや社会に対する人間の意識の方だろう。人間のどうしようもなさが変えられないのであれば、いくら新たなエネルギーを開発しても仕方ない」

「だったら、どうしろと？」と、僕は彼女に聞いた。

「たとえば、車に依存しない社会を構築するとか」

「そんなの、無理に決まってる」

「しかしそれを成し得なければ、人類は環境激変によるサバイバルを経験しなければならなくなると思う」

「何とかならないのか？」と、佐倉も彼女に聞いた。

「人間の根本的な矛盾であるのならば、解決の仕様がないだろうな。今さらじたばたしても、なるようにしかならない」

う？」

そして彼女は、パンフレットの見出しに目をやった。

「何が〝宇宙太陽光発電で明るい未来〟だ。人類の未来なんて、お先真っ暗じゃないか」

まるで佐倉たちの仕事まで否定しているかのように、僕には聞こえた。

「でもそれだと、お前だって困るだろう」と、彼が言う。

「だからと言って、人類を救う義理もない。人類がいずれ自滅するまで、私は私の道を行くだけだと思っている。聞いたと思うが、仕事を選ぶ権利は私にある。私は興味があることしかやらないつもりだ。人類の未来もさることながら、今は自分の未来もどうなるか分からない。悪いが、そっちを先にやらないといけないんでね」

パソコンに向き直る沙羅華を見つめて、佐倉はゆっくりとうなずいた。

「分かった。開発部の先輩にも、そう伝えておく」そして机のパンフレットを、ビジネスバッグにしまう。「時間を取らせてすまなかったな」

先に部屋を出て行こうとする彼を目で追っていた僕は、彼女に向き直った。

「あんな言い方しなくても」

「私も言いたくなかったが、聞かれたことは答えないわけにはいかないだろう」

「とにかく彼を駅まで送ってやらないと。じゃあ、邪魔して悪かったな」

SHIを出る前に僕がふり返ると、彼女はおみやげにもらったイチゴのカップケーキに手をつけようとしていた。

急いで佐倉を追いかけ、僕もエレベータに乗り込む。

「相変わらずあの女と付き合うのは、骨が折れるな」ため息交じりに彼が言う。「でも大《だい》分《ぶ》、丸くなった感じはする」

「やっぱり彼女、運動不足かな」

僕がそうつぶやくと、彼はあきれたように横を向いた。

「相変わらず鈍いな。外見じゃなくて、中身だ。まあ、たまにしか会わない人間だから分かることだってある。さっきだって独り善がりにせよ、彼女なりに理由を説明しようとしていた。昔なら、問答無用だったじゃないか」

そう言われれば、昔はもっとひどかったという気がしないでもない。

「まあ本質的な部分は、まだ変わってないのかもしれないが」彼が突然、珍しいものを見るような目で僕を見た。「それにしても、よくあんな女の後を追いかけてるな。彼女と付き合うぐらいなら、サーカスかどこかで猛獣の世話をしている方がましかもな」

「そこまで言わなくても……」

「こっちも彼女にさんざん言われたんだ。これぐらい我慢しろ。そもそも、ありきたりの人間関係や、そこから得られるごく平凡な幸福というようなものを、彼女は理解できていないようだな」

「平凡な幸福？」

僕はくり返した。

「ああ。自分の子供を見ていて思うことがある。二人が愛し合って生まれたんだと。けど彼女は、そこからして違う。だから俺たちが自然と会得していくような感情さえよく理解できないというのも、何となくうなずけるんだ。今からでもそういう経験を一杯して、埋め合わせるべきなんだろうけどな」

「それは彼女も分かっているようだ」と、僕は答えた。「分かって、必死でもがき苦しんでいるところなんだ……」

それから僕は、彼を最寄《もよ》りの駅まで送ってやった。

そして会社に戻った僕は、また彼女に合格祈願のお守りを渡すのを忘れたことを思い出したのだった。

5

久々に佐倉と会ったことで、アルテミSS関連のことが気になった僕は、インターネットでも検索してみた。すると実にいろいろな情報が出てくる。特にアルテミSS会長にして親会社ゼウレトのCEO、シーバス・ラモンにまつわる書き込みが目立っていた。

まず多額の政治献金を例にあげて、政界との癒着を問題視する意見が目にとまる。また匿名の情報提供者から、過去にインサイダー取引があったとする書き込みなんかもある。

ラモンという人物の周辺には、どうも黒い噂《うわさ》が常につきまとっているようだ。

検索を続けていると、精子バンクシステムで生まれる子供たちの遺伝子を、より天才性が強化されるよう違法に操作していたのではないかという書き込みも見つけた。

この件については、僕も少し知っている。以前、ある事件の捜索で沙羅華とゼウレト日本支社の高分子研究所を訪れたりしたことがあって、その際にも耳にしたことがある情報だ。

実は沙羅華にもそうした操作がされていたかもしれないという指摘があり、彼女がとても落ち込んでいたのをよく覚えている。僕もそれからは、なるべくその話題は避けるようにしていたのだった。

数日後、今度はアルテミSSの芥田功雄《いさお》という人から僕の会社に電話がかかってきた。

佐倉が言っていた、開発部の次長さんだ。

〈先日はうちの佐倉がおうかがいしました折に、私の勝手なお願いから綿貫さんと穂瑞先生には貴重なお時間を頂戴《ちょうだい》することになりまして、誠に申し訳ございませんでした〉

電話なのでもちろん声だけしか分からなかったが、とても腰が低く、世慣れた感じのする人だった。

「その件はもう、済んだことですので」と、僕は答えておいた。

彼が、言いにくそうに続ける。

〈実は、今度は私ではなく、別の人物も穂瑞先生にお頼みしたいことがあると申しておりまして……〉

「別の人物？」

〈はい、ほかでもありません。私どもアルテミSSの会長、シーバス・ラモン本人からの、たっての希望なんです。総務部や開発部の上司とも相談して、私が窓口に……〉

「やはり穂瑞先生に、システムの調整をしてほしいと？」

〈いえ、そうじゃないんです〉

「そうじゃない？」

〈もちろん、それもお引き受けいただけるにこしたことはありません。少し事情をお話ししなければなりませんが、ラモンは近々、来日する予定になっております。SS計画の竣工式出席だけでなく、ゼウレト日本支社や、富士山麓《さんろく》にあります高分子研究所など、日本の各施設も視察するようです〉

「佐倉君からも少し聞いています。それが何か……？」

〈実は、その際の警護を穂瑞先生にお願いしたいのです〉

「つまり、ボディガードを？」僕はつい、大きな声で聞いてしまった。「しかし会長なら、屈強な男性を何人もつけているはずでは？」

〈それでも、ラモンは是非、先生にと……〉

「そもそも沙羅華に……穂瑞先生にボディガードなんて、無理でしょう。それとも何か他の狙いでもあるんですか？　たとえば警護のシステム全般の見直しとか……」

〈いえ、そうしたこともこちらで警備会社とさせていただく予定です。ラモンは先生に、自分のそばにいて、いろいろアドバイスしてほしいと申しておるようです。ですから直接

的な警護というより、〝警護アドバイザー〟と言った方がいいかもしれません〉

「しかしシステム調整ならともかく、どうしてラモン会長が、彼女に警護の依頼を……」

〈そこがまさに、お話ししなければいけない事情でして〉芥田さんは一呼吸おいてから、小さな声で続けた。〈実は、近日中にラモンを殺すという、脅迫メールが届いたんです〉

「脅迫メールが？」

僕は思わず聞き返した。

〈ええ。ラモンを増長させることはかえってエネルギー事情に混乱をもたらすとか、もっとたくさんの不幸を生み出すことになるといった声明文も添えられていたそうです。会長の立場上、その手のメールや手紙が届くことは過去にもなくはなかったのですが、今は大切な竣工式をひかえているだけに、本人も周囲も神経質になっているわけです。先日、アメリカの受電施設で起きたリコンディショニング・ロボットの暴走も、今回予告をしてきた連中の犯行ではないかと言われ始めています〉

「で、捜査は？」

〈もちろん、ゼウレトのアメリカ本社が警察に届けましたが、何らかの匿名化ソフトを使っているらしく、まだ犯人にはたどり着けていません。企業テロという見方のある一方で、ライバルとなる電力関連の他企業からの嫌がらせではないかという意見などもあるようです。

親会社のゼウレトだけでなく、アルテミSSにおいても本社、支社ともに警備を増強したところですが、来日に際しては、ラモンが是非、穂瑞先生にもお頼みしたいと……。彼のそばで適切なアドバイスをいただければ助かります。もちろん、犯人逮捕にもご協力いただけるなら、なおありがたい。犯行予告メールの解析にも手間取っているようですので……〉

「ちなみに来日予定は？」と、僕は聞いてみた。

〈竣工式は来月の三月一日ですが、来日は今月の二十四日で、その日のうちに地上施設を何か所か見学してまわる予定になっています。穂瑞先生とは警護の打ち合わせや準備などがありますから、その数日前には来ていただけると助かります〉

僕はスマホでスケジュールをみてみた。

ラモンの来日予定日は、沙羅華の二次試験開始の前日だった。竣工式の日取りも、確か高校の卒業式のはずである。

「来日直後からの警護は、スケジュール的にまず無理ですね」と、僕は答えた。「そもそもラモン会長を警護するなんて話、彼女が引き受けるとは……」

〈しかしSS計画にもしものことがあると、弊社の問題だけでなく、エネルギー危機の引き金ともなりかねません。ラモンも、とにかく穂瑞先生にお会いしたいと申しておるようです。お礼の方も、御社の規定料金などお気になさらず、そちらの言い値でお支払いさせていただきます〉

依頼料は破格……。僕は心の中でそうつぶやいた。

ビジネスとして魅力的ではあるが、おそらくあり得ない話だろう。けれども芥田さんの熱意にも応《こた》えてあげないと、申し訳ない気もする。

それで僕は、「一応、先生に聞いておきます」と彼に伝え、電話を切った。

〝むげん〟にある彼女の事務所のSHIまでわざわざ会いに来た僕に向かって、彼女は即座に答えた。

「しつこい。断ったはずだ」

「いや、だからこれは、別件なんだ」と、僕は反論する。「報酬も別格だ」

「確かに犯行予告とはただごとじゃないが、ラモンが直接私に警護を依頼してくるというのは、どうも腑《ふ》に落ちないな。高い依頼料を支払ってまで、私に何を期待しているんだ」

「だから彼のそばにいて、いろいろアドバイスしてもらいたいらしい」

「スケジュール的にも無理じゃないか。ラモンの来日予定期間は、モロに私の受験日程と重なる。そもそも何で私が、よりによってラモンの用心棒にならないといけないんだ。面倒なことになると分かっているのに、自分から飛び込んでいくほど私は馬鹿じゃない。そんなくだらない依頼に、自分の時間を使う気はさらさらないね」

受験という事情がなかったとしても、彼女ならあまり受けたがらないたぐいの依頼内容だということは、僕も理解していた。

「けど生きていく上での面倒くささは、何かを育《はぐく》んでくれたりもするんじゃないか？」と、僕は反論してみた。

「何かって、何だ？」ふてくされ顔で彼女がつぶやく。「それに犯人探しと言ったって、ラモンを恨んでいる奴なんて、一杯いるだろう」

「お前もその一人だったよな？」

僕の言葉に、彼女が少しうなずいたように見えた。

「とにかく宇宙の謎に挑戦しようとしているのに、おっさんの警護も犯罪捜査もしていられない」

「ラモンを助ける義理もないと？」

「ああ。むしろ、犯人にはシンパシーを感じる。いくら金を積まれたって、私の苦しみを生み出した人間を、守る気になんかなれない。むしろ彼が死んでくれるなら、清々するってね……」

「そんなことを余所《よそ》で言うと、お前も疑われるぞ」

「私はそこまでやろうとは思わない。でも……」

「でも、何だ？」

「いや、何でもない……」

はっきり答えない彼女に、僕はたずねてみた。

「ひょっとして、犯人に心当たりでも？」

「何でもないと言っている」彼女は大きな声でそう言うと、机をたたくしぐさをした。

「それにこの段階では、手がかりが少な過ぎる。犯人が何を考えているのかも、私にはよく理解できないね。犯行予告通りだとすれば、ラモンに対する憤りがモチベーションなのは、分からないでもない。けれども彼一人を消去しても、この世界がどうなるものでもないだろうに……。とにかく、この仕事もお断りだ」

内心、覚悟していたことではあったが、僕は思わずグチをこぼしてしまった。

「どうしてそう、仕事を選ぶんだ……」

「私はそれほど、ブレてないと思うが」と、彼女が答える。「人生をかけて、答え探しをしているだけだ」

「答え探し？」

僕が聞き返す。

「私たちがゼミで一緒だったとき、鳩村先生がこんな言葉を口にしたのを覚えているか？」彼女は僕の目を見て続けた。「〝神のパズル〟と」

僕は軽くうなずいた。

「ああ。確かアインシュタインの言葉といわれているものを、引用したんじゃなかったかな。そして僕たちは、そのパズルを解いているようなものだと」

「私も自分なりに、答え探しを続けてきたつもりだ。私に限らないのだろうが、私たちがそれぞれにやっていることというのは、確かにジグソーパズルを仕上げていくプロセスのようなものなのかもしれない。それなりの成果は私にもあったとは思うが、最後の一ピースはおろか、いくつものピースをいまだに見つけることができずにいる」

僕はうなずきながら、学生時代にビデオで見た『市民ケーン』というオーソン・ウェルズ監督・主演の映画にも、似たようなシーンがあったことを思い出していた。

「だから、パズルの空白を埋めてくれそうにない仕事は引き受けない、か？」

僕がそうつぶやくと、彼女が苦笑いを浮かべた。

「言っちゃ悪いが、私は仕事にかこつけて、自分探しを続けていたようなものだ。自分に欠けているものを、ずっと探していた。そして一つ仕事を終えるごとに、何かを得た感触も味わっていた。でも今回は……。システム調整にも警護にも、その予感すらおぼえない」

「分かった」僕は思わず、ため息をもらす。「僕から断っておく」

そして彼女に礼を言って、ＳＨＩを出た。

数日後、沙羅華から大学の一次選抜試験に通ったというメールが届いたことで、僕はまだお守りを渡し損なったままだったことを思い出していた。

翌日、今度は彼女の父親の森矢教授から、僕に会いたいというメールが届く。何でも、父親の言うことにはまったく耳を貸さないので、僕から彼女を説得してほしいというのだが……。

6

二月十二日の夕方、駅前のありふれた喫茶店で、僕は森矢教授と待ち合わせた。

今日はグレーのハイネックにブレザーという、いかにもナイスミドルといった感じの服装で、顔つきはあまり沙羅華に似ていない気はするものの、頭の回転の速さや鋭さは、やはり親子だと思うときがある。

二人ともホットコーヒーを注文した直後、彼は僕に頭を下げた。

「君にはすまないと思っている。以前よりはおとなしくなったとは思うが、まだまだわがままな娘だ。世話が焼けるだろう」

「今は受験でナーバスになっているみたいだし、仕方ないです」と、僕は答えた。「でも彼女、研究の方は順調みたいですね。近々〝むげん〟で成果を発表するみたいだし」

「そのことなんだが……」彼は額に手をあてた。「彼女の場合、問題はもう、理論的研究じゃなくなっているのかもしれない」

「理論じゃない……、と言うと?」僕は首をかしげた。「でも確か研究発表の内容は、TOE——最終理論まではいかないと言っていたと思いますけど」

「君だけじゃなく、彼女は私に対しても何も言わない。けど最近の様子を見ていると、すでに彼女は、TOEをひらめいているんじゃないかと思えるときがあるんだ」

僕は、教授に顔を近づけた。

「本当ですか？」

「沙羅華は否定するかもしれない。だが彼女なりの方法で、何らかの解法を見いだしているらしいと私は思っている。ただし、ＴＯＥに届いていたとしても、発表を躊躇《ちゅうちょ》し、論文化もしていないようだ」

「公表する気がないということですか？」僕は彼に聞いた。「どうしてまた……？」

「だから直接彼女に聞いたことがないので、本当のところは私にも分からない。何だか、聞くのが恐ろしくてな……」彼が苦笑いを浮かべる。「しかし、思い当たることが何もないわけでもない」

コップの水に口をつけた後、彼は説明を始めた。

「理由の一つは、最終理論に到達していたとしても実験的な証明が何もされておらず、またそれには非常な困難が予想されるということだ。発表するのは個人の自由だが、正しいかどうか証明されるまでは、いかなる誹謗《ひぼう》中傷も覚悟しておかねばならない。それがＴＯＥともなれば、無限の宇宙が相手なので制約も相当多いが、近似的なシミュレーションならスーパー・コンピュータでもできるだろう。しかし実験は、条件設定などが極めて限定される」

実証するために必要な施設も限られてくると、彼は言った。

「はっきり言って、今、彼女が拠点としている〝むげん〟でも、現状では困難と言わざるを得ない」

「でも〝むげん〟では、出力を大幅にアップする二期工事が計画されていますよね」と、僕はたずねた。

「確かに二期工事後には、可能性がないわけではない。けど、まだまだ先の話じゃないか。今のところアスタートロンの方が出力的にも性能的にも優位なのは、動かし難い事実だ」

森矢教授が言っているのはアメリカのイリノイ州にある巨大線形加速器のことで、彼もそこでの実験チームに参加している。

「とにかく、これからの彼女にとって必要なのは、彼女の理論をいかに証明していくかという、実験環境だと思う。そしてなるべく早期に、たとえ限定的であっても実験証明とともに、自説を公表することが望ましい」

「でも理論段階で発表している科学者だって、たくさんいるでしょう？」

「そこのところが彼女を躊躇させている、もう一つの理由かもしれない」森矢教授は人指し指を立てて僕を見つめる。「確かに、発表するだけなら簡単なことだ。けれどもＴＯＥ発見にともなう社会的責任を背負い切れない間は、見合わせた方がいいことになる」

「どういうことですか？」僕は彼に聞いた。「間違えていた場合の、責任の取り方とか？」

「私が言っているのは、その逆。正しかった場合のことだ。アインシュタインの相対性理論が、既存の物理学のみならず哲学をも大きく揺るがしたように、ＴＯＥも理論だけで何らかの影響を人類に及ぼすことは考えられる。人類をさらなる繁栄に導くのか、それとも

「……」

先回りして僕が答えた。

「破滅させてしまうかもしれないと？」

森矢教授が、ゆっくりとうなずく。

「仮にも最終理論――または〝万物の理論〟と呼ばれる代物だ。それが解けるということは、関係するすべての謎も、次々に解けていくということを意味する。しかもそれは、〝物理〟というカテゴリーに限らない……」

女性店員が僕たちのテーブルにホットコーヒーを持ってくると、彼は急に黙りこくった。そして店員が立ち去るのを見計らい、僕に顔を近づける。

「ここから先の話は、絶対に内緒だ。約束してくれるか？」

僕がうなずくのを見た彼は、少しためらいがちに話し始めた。

「そもそも、沙羅華がＴＯＥを解いたのかもしれないと、私が考えるようになったきっかけなんだが……。最近の彼女を見ていると、ＴＯＥに関連する謎の一つともいえる素数に、何らかの法則性を見いだしたように思えるんだ」

「素数？」僕は聞き返した。「それがそんなに大変なことなんですか？」

「コンピュータの情報セキュリティが、この素数の謎に依存しているのは、言うまでもないだろう。近年、量子コンピュータを使えば短時間で解けるケースもあって、多方面で見直しが進められてはいるが、素数の積で成立している素因数分解鍵《かぎ》は、ネットでは旧式や低コストのシステムでまだ利用されている。君の使っているパソコンだってそうだろう」

「ええ、まあ……」

「素数の謎を解読する上で重要な〝リーマン予想〟などを証明し、さらにそれらをベースにして演算手順《アルゴリズム》の開発にも成功すれば、量子コンピュータを使わなくても、それらがすべて解けてしまう可能性があるということだ」

僕はあごに手をあてた。

「TOEの発表後、それに派生する法則の悪用を考える人間がいれば……、たとえばほとんどのコンピュータに侵入できてしまう、ということですか？」

「情報の盗み見や漏洩《ろうえい》だけじゃない。支配したコンピュータを組織化すれば、国家や大企業のコンピュータ・システムを混乱させたり、攻撃したりもできるかもしれない。すると、そんな理論を発表するのも慎重にならざるを得ないと思わないか？」

彼はブラックのまま、コーヒーに口をつけた。

僕もコーヒーをすすりながら、彼の言ったことを整理してみた。つまり沙羅華が研究していたTOEは、二次的に素数の謎も解いてしまうものかもしれず、その使い方によってはコンピュータのセキュリティをほとんどスルーしてしまえるということらしい。

「そっちの方はTOEと違って、証明するのに加速器みたいな大仕掛けはいらない。パソコンがあればできてしまう」と、教授がつぶやく。「それに、素数はほんの一例だ。TOEの発表が他にどんな影響を及ぼすのか、私にも分からない。ネットの情報操作で人を困らせるとか、金儲けをするといった程度じゃなく、核ミサイルぐらいなら飛ばせるだろうし、世界経済を根底から壊してしまうこともできるだろう。相対性理論が原爆の開発につながったように、科学の進歩には、そういうデメリットもある。ＴＯＥがただの方程式だとしても、それは最終兵器にも等しいわけだ。ようやく到達した真理を正しく扱えなければ、人類は滅びるかもしれない。だとすれば未熟な人類は、真理など知らない方がいいということにもなる」

「彼女もこの前、そんなことを言ってました」僕は森矢教授に伝えた。「ただしＴＯＥじゃなく、宇宙太陽光発電について話していたときですけど……。でも、そこまで気づかって発表をためらっているのだとすれば、彼女も少しは成長したのかもしれませんね」

「それはどうか分からない。そもそも沙羅華は、自分一人が分かればいいと思ってやっている節がある。それが研究成果を公表しない最大の理由かもしれないな。何しろ彼女にとってＴＯＥは、自分の存在証明のようなものだったんだから……」

森矢教授の話通りだとすると、彼女はもうＴＯＥには届いているかもしれなくて、その先どうしていいか分からずに悩んでいるということになるようだ……。

「あっ」

そこまで考えた僕は、突然大きな声をあげてしまった。

「どうした?」

森矢教授に聞かれた僕は、一度生唾をのみ込んでから話し始めた。

「しかし、彼女がそこに到達しているのだとすれば、もし彼女がその気になれば……」

今ごろ気づいたのかと言わんばかりに、彼が苦笑いを浮かべる。

「ああ。この世界はすでに、彼女のものだ」

僕は急に背筋が寒くなるのをおぼえた。

「いずれにしても、もしそんなものを手にしたとするなら、扱う人間の資質も問われると思わないか？」と、彼が言う。「沙羅華だって、いつまでもわがままな小娘でいいわけがない。彼女の将来を思うと、総合力であるとか、人間としてのバランス感覚も身につけていってもらいたいと思っている」

「彼女もそれは意識して、自分なりに努力しているようですけど」

「私に言わせれば、まだまだだ……」

彼はコーヒーを口にしながら、僕を見つめた。

「私の言いたいことは、もう分かるだろう。彼女にとっての研究環境は、現時点ではアメリカの方が整っている。彼女の将来のためにも、留学して広く世界の才能と触れ合い、大いに刺激を受けてもらいたい。いずれ日本に戻ってくるとしても、〝むげん〟の二期工事の完了後でも遅くはないと私は思っている。しかし沙羅華が聞き入れてくれないので、また君にお願いしているというような次第だ」

僕はテーブルに両肘をついたまま、彼にたずねた。

「それで、留学先は？」

「アスタートロンからも比較的近い、I大学ではどうかと思っている。ノーベル賞受賞者も数多く輩出している名門校だ。大学には、私の友人もいる。沙羅華をうまくサポートしてくれるよう、何なら私から彼らに話してみても……」

　僕は首をふった。

「彼女は、あなたのそういうところが苦手なんだと思いますよ。心配なのは分かりますけど、ちゃんと自分で考える時間を与えてやらないと」

「そうだな……」

　彼は顔を伏せてうなずいていた。

「それと〝むげん〟での研究は、どうするんですか？」僕は彼にたずねた。「彼女がここでかかわっているプロジェクトが、いくつもあったでしょう？　確か、先生の名前のついたものも……」

「モ《M》リヤ・エ《E》ンタングルメント・プ《P》ローブ・シ《S》ステムか？　ネットがあれば情報交換はできるし、村上《むらかみ》所長や鳩村先生たちにまかせておけばいい。もっとも、主任研究員就任の話なんかは、断らないといけなくなるが」

「しかし彼女を突然新しい環境に投げ込んだりすると、また引きこもったりしないでしょうか？」

「それは大丈夫だろう。以前とは違って、対等に付き合える仲間たちに囲まれるわけだから、むしろ孤独感は和らぐはずだ。確かに多くの天才がそうであるように、協調性などの問題はかかえているが、それも世界中の優秀な学生たちと触れ合うことで、変わっていけばと思っている。

アメリカには私もいるし、何よりアスタートロンという、彼女にとって魅力的な研究施設がある。しかも早い段階で、ノーベル賞級の発見がアスタートロンから出る可能性はある。その実験チームに、彼女も参加しているべきだ」

森矢教授は、確信があるような表情でそう語った。

「でも……、いくらネットがあるとはいえ、こっちで彼女が築いてきた人間関係を断ち切ってしまうことになるわけでしょ？」

「いや、むしろそれも問題だと思っている。私が言うのもおかしいが、ここで人間関係というほどの関係が、彼女のまわりにあるのか？　以前よりましにはなったが、幾分心を開いているのは、君ぐらいじゃないか」

森矢教授が、一度咳払《せきばら》いをして話を続けた。

「君にしたって、沙羅華とは対照的だ。根本的に、まったく違い過ぎる。これまでは、それが功を奏してきたといえるかもしれないし、ある時期の彼女の成長にとって、君の役割は大きかったと考えられる。そのことについては感謝している。また沙羅華とは、いい友だちであり続けてもらいたいとも思っている。しかし彼女がさらに成長するには、君からも一旦《いったん》、離れるべきじゃないだろうか。そう思わないか？」

それは僕も思っていたことでもあった。彼女の将来を考えると、自分の存在はむしろ障害になるかもしれないと……。

「君にも、私の気持ちを分かっておいてほしかった。それが君を呼び寄せた、もう一つの理由だ」と、彼が言う。「そして科学界のためにも、何より彼女のためにも、留学を決心させてほしい。準備もあるから、早ければ早い方がいい。できれば三月末にでも」

「三月って、もう来月じゃないですか」驚いた僕は、つい大きな声を出してしまった。

「でも留学してしまうと、その先日本に帰ってくるという保証もないわけですよね。大学院もあるわけだし」

「いや、〝むげん〟の二期工事が完了すれば、戻ってくるとは思う。けれどもそれはもう、彼女が決めることだ。何故なら大学を卒業するころには、もう立派な一人の女性じゃないか。その確信さえ得られれば、もう彼女の判断に、口をはさむつもりはない」

僕は軽くうなずきながら「じゃあ、タイミングを見計らって話してみます」と返事し、森矢教授とは店の前で別れた。


外はもう、すっかり日が暮れていた。商店街のディスプレイをながめていると、バレンタイン・デーが近いことを嫌でも実感させられる。とにかく僕は、自分のアパートへ帰ることにした。

森矢教授から沙羅華の留学について相談されたことで、最近、彼女が受験勉強もそっちのけでもの思いにふけっていたのは、このことが原因だったのではないかと思った。彼の頼みを引き受けてはみたものの、沙羅華にアメリカ行きを勧めて、もしその気になったら、僕はどうすればいいんだろう？　インターネットなんかでつながり続けるんだろうが、今みたいに気軽に会うことはできなくなる。沙羅華はあっちで新たな交友関係もできるだろうし、僕との仲は希薄になってしまうことも十分考えられる。

じゃあ、彼女についてアメリカへ行ったとして、僕は一体何をすればいいのか？　て言うか、あり得ないだろう。今だって彼女が物理の話を始めるとチンプンカンプンだし、この先僕が彼女と一緒にいても、役に立てることなんて何もないのではないだろうか……。

そのことは、もちろん彼女もよく分かっているはずだ。森矢教授の予想通り、彼女はいずれ、ノーベル賞を取るかもしれない。そんな輝かしい未来と僕とを天秤《てんびん》にかけて……、というようなことは、天秤にかける以前の問題に違いない。考えてみると、彼女ほどの才能があれば、ちっぽけな日本にとどまらず、海外に出ていくというのは当然考えられるケースだ。いや、本来そうすべきなのだ……。

一人でそんなことを考え続けている僕の目の前を、カップルたちが楽しそうに行き交う。ぼんやりと目で追っているうちに、思わずため息がもれる。

そもそも僕は何者なんだ？　沙羅華の〝おまけ〟にすぎないのか？　それでも、こうやって腐れ縁が続いている理由が、何か僕のなかにはあるはずなのだ。しばらく考えてみたものの、プライドがないので彼女と衝突しないことぐらいしか思い浮かばない。

ただ、森矢教授が言っていたように、元々沙羅華と僕はまったく違う世界の人間で、何をやっても波長が合わない。そのミスマッチが彼女にとって面白おかしくはあったのかもしれないが、それがフィットすることは永遠にないのかもしれない。そんな僕が、友達以上になるべきではないのではないか？

そこまで考えたとき、自然と笑いが込み上げてきた。僕なんかが、恋愛対象になるわけがないのに……。友人として助言し合う関係ではあっても、やっぱり僕ではもの足りないに違いない。

一方、沙羅華の方でも、自分がかかわると僕を不幸にすると思っているようだ。そもそも僕が彼女といて、心が休まったことがあっただろうか？　それで恋愛感情になるわけもないし、うまく暮らしていけるとはとても思えない。沙羅華のような非凡極まりない人間が、僕のような凡庸極まりない人間と理解し合えるということは、やはりないのかもしれない。だとすれば一緒にいても、お互い孤独なままなのである。

かつて僕が、彼女を自分だけの世界から引っ張り出したのは確かだ。けれどもこのままだと、彼女を自分たちだけの不均衡な世界に縛りつけてしまうことにもなりかねない。彼女が研究者として大成するためには、やはり僕なんかと無駄な時間をすごしたりせず、新しい世界で彼女に見合った人と出会うのが、彼女のため、そして人類のためでもあるのかもしれない。いや、しかしそれで僕はいいのか？

僕はその場で首をふった。

いかんいかん……。さっきから、同じことばかり考えている。沙羅華だけでなく、僕までもの思いにふけってしまいそうだった。

そのとき、急に僕のスマホが鳴った。

発信元を確認すると沙羅華からだったので、一瞬ドキッとする。しかも、いきなり〈明日、会いたい〉と言うのだ。

事情を聞いてみると、例の沙羅華のエッセイ本を出したがっている、サイエンタ出版編集部の丸山奈津子さんから電話があったのだという。しばらく連絡がなかったので僕も忘れかけていたが、出版の話をあきらめたわけではなかったようだ。

しかし丸山さんは、彼女に本の話は一切せず、沙羅華にプレゼントがあるので、直接会ってお渡ししたいと言ったらしい。

「まさかそんな子供だましみたいな手に引っかかるお前じゃないよな」

そうたずねる僕に、彼女は〈いや、ＯＫした〉と答えた。

「何だと？」

〈だってそのプレゼントが限定生産で入手困難な、ジャイアント・チョコスティッキーだというじゃないか。それを丸山さんは手に入れたというんだ〉

「ジャイアント・チョコスティッキー？」

僕は聞き返した。

〈ああ。ネットでしか手に入らない。申請フォーマットにいろいろ書かないといけないのは手間だったし、そうまでして申し込んで抽選に外れるのはショックだろうし、結局自分

じゃ申し込まなかった〉

「プレミアはつくとしても、オークションでも入手できたんじゃないのか？　それともお前ならハッキングしてデータを操作するとか……」

〈お菓子のことで人と張り合うのも、ハッキングするのも、自分のプライドが許さないんだ〉

「相変わらず難しい奴だな」僕はスマホを握りしめながら、ため息をもらした。「で、それに釣られたのか？」

〈うん〉

悪びれる様子もなく彼女が答える。

ただし本当の話題はエッセイ本のことに決まっているだろうし、仕事にかかわることなので、それなら僕も同席しておいた方がいいということらしい。バレンタイン直前だということを思い出した僕は、ジャイアント・チョコスティッキーの行方についても気になっていた。

まさか、僕に……？　念のため、おそるおそる彼女に聞いてみる。

「そのジャイアント・チョコスティッキー、どうするつもりなんだ？」

彼女の答えは簡潔だった。

〈もちろん自分で食べる。誰にもやらない〉

電話を切った僕は、体から力が抜けていくのを感じていた。やはり彼女の相手をするのは、いつまでたっても骨が折れるようである。

7

沙羅華に留学の可能性が出てきたというのは、うちの会社にとっても、また親会社にとっても一大事に思えた。

ちなみに親会社は、アプライアンス・オブ・デジタル・テクノロジー——略して〝アプラDT〟という電子機器メーカーで、沙羅華には量子コンピュータ〝久遠〟の開発に協力してもらった経緯がある。その量子コンピュータを活用するために創設された会社がネオ・ピグマリオンだったわけで、特にこの特務課特捜係は、彼女に依存しきっている。その彼女が来月末にも渡米するかもしれないとなれば、こちらにもそれなりの心構えが必要になってくるだろう。

翌朝、出社した僕は社長室へ行き、森矢教授の話を樋川社長にも伝えておくことにした。

社長は眉間に皺を寄せ、しばらく考えた後につぶやくように言う。

「ネオ・ピグマリオンとしては、穂瑞先生の判断を優先するしかないだろうな」

「いいんですか?」と、僕は聞いてみた。

「会社の事情で先生を拘束するのは、世界的な損失につながるかもしれない。だから慰留はしない。親会社のアプラDTにも、折を見て私の方から報告しておこう。それにもう十分、先生には助けてもらったじゃないか」

　そして社長は仮にそうなった場合のために、僕にカウンセリングの勉強を続けておくよう アドバイスしてくれた。

　午後は沙羅華と会う前に、〝むげん〟の研究棟にある鳩村先生の研究室へ顔を出し、やはり森矢教授の考えを先生にも先に伝えておいた。

「悩ましい問題ね」鳩村先生が椅子に深くもたれかかって言う。「彼女にはいてほしいけど、留学という選択肢があることは、私もずっと分かっていた。研究面でも森矢教授の言う通り、今は出力などで勝るアスタートロンで実験して、日本へは〝むげん〟の第二期工事の完成後に帰ってきても遅くない。お父様の意向でもあるし、それに沿うのがいいと私も思う」

「でも彼女、反発しているらしいですよ」と、僕は言った。

「彼女が逆らう気持ちも分からないでもない。けどどっちがベストなのか、やはり最終的には、彼女が決めることでしょうね……」

「先生は、それでいいんですか？」

「トラブルメーカーだから、いなくなると静かになる反面、寂しくなるけど、私たちがどうのこうのじゃなくて、大切なのは彼女のこれからだから」

　先生は急に、僕を見て吹き出した。

「どうしたんですか？」

「だって、『行かないでくれ』って、泣きついてる君の顔が目に浮かぶようだったんだもの。綿貫君も辛《つら》いでしょうけど、彼女のことを第一に考えてあげてね」

先生は微笑みながら、僕の肩を軽くたたいた。


沙羅華の個人事務所兼研究室——SHIへ入ると、すでにサイエンタ出版の丸山さんが来ていた。デニムのスカートにベージュのセーターというカジュアルな装いだったが、彼女にはよく似合っている。プレゼントのジャイアント・チョコスティッキーとやらも、机の上に置いてあった。

沙羅華との打ち合わせは、もう始まっている様子だった。僕が丸山さんに挨拶した直後、沙羅華が口を開いた。

「だからその件は断ったはずです。それに今は受験勉強で忙しい」

「でも文章を書くのは、国語の勉強にもなりますし」と、丸山さんが答える。「お書きいただくのは、進学が決まってからでもかまいません。お待ちします。高校をご卒業されたら、本という形でご自身をアピールされるのもいいのでは？　以前、アイドル活動を引き受けられたことも存じております。だったら本を出すことぐらい……」

僕は丸山さんの前で片手をふった。

「それ、直前でやめたんです」

「受験の後も忙しくしています」沙羅華が大きな声で言う。「大学や自分の研究に本腰を入れて取り組まないといけませんから。それに……」

留学のことを言い出すのかと僕が思っていたとき、丸山さんが先に焦った様子で発言した。

「これは穂瑞先生の成長の記録としてだけでなく、程度の差こそあれ、同様の悩みをかかえる同世代の人たちへの応援歌になればと思っています」

「応援歌?」と沙羅華が聞き返す。「何で私が、見ず知らずの他人を応援しないといけないんですか?」

「でも、『情けは人のためならず』とも言いますし、心の悩みをもっている方々などにも、大きなお力添えをいただければありがたいです。先生にも得られるものが、きっとあるんじゃないかと思います」

以前、僕が沙羅華に言ったのと同じことわざを、丸山さんも口にしていた。

あのときは口答えした沙羅華だったが、今日は黙って聞いているようだ。丸山さんの熱意に、やや心が動いたのかもしれない。

「先生がお忙しいようでしたら、ゴーストライターに頼むという方法もあります。文章力のある書き手に取材させていただいた上で、私どもで原稿を作成するという進め方です」

「あれこれ取材されるのも煩わしい」沙羅華が首をふる。「それにどれほど取材されても、私のことを真に理解してもらえるとは思えません」

丸山さんは、首をかしげた。

「でしたら、過去にお書きになったブログや、日記のようなものがあれば、それをまとめることもできますが」

「私のホームページはずっと更新していないし、日記も書いていません。けど……」沙羅華は突然、僕に顔を向けた。「綿さん……、いや、彼は日記や備忘録をつけていて、その中で私のことも、ずっと記録してくれているかもしれませんが……」

「そうなんですか？」

丸山さんも、僕の方に目をやる。

「ええ、まあ……」

僕は頭に手をあてながら答えた。日記は、卒論を書く練習にもなるからという理由で鳩村先生に勧められ、沙羅華と出会う少し前から書き始めていたのだった。

僕を見つめる丸山さんの表情が、一瞬にして変わる。

「先生がご多忙でゴーストライターもお嫌なら、この際、それでもかまいません。一度、拝見させていただけないでしょうか？」

「でも、まったく未整理ですよ」と、僕は答えた。「手書きしてたり、パソコンにメモったり、音声で入力してそのまま放《ほう》ってあるものもあったと思いますが……」

「綿さんが私のことをどんなふうに書いていたのか、私も見てみたいな」

沙羅華は丸山さんと顔を見合わせ、微笑んでいた。

「未整理でしたら、整理されるまでお待ちします」と、丸山さんが言う。「是非、拝見させてください」

しかし拝見させてほしいと言われても、僕の日記には、人に見られたくないことも一杯書いてあるわけである。そもそも日記なんだから、人に見せる前提では書いていないのだ。

「それに、穂瑞先生のことだけ書いているわけじゃないですし」僕は沙羅華を横目で見ながら言った。「整理するとしても、彼女に関する記述を抜き出して書き直さないと、とてもお見せできるものにはならないと思いますよ」

「できれば、そうしていただけるとありがたいんですが……」

丸山さんが、申し訳なさそうに言う。

「私とは違って、綿さんはヒマだろう」沙羅華は相変わらず、悪戯《いたずら》っぽい目で僕を見つめている。「この仕事、受けてみないか？　私からのバレンタイン・プレゼントだ」

僕は口をとがらせた。バレンタインのプレゼントなら、仕事よりチョコの方がいいに決まっているのである。

「私どもから作業をお願いするのですから、採用不採用にかかわらず、些少《さしょう》ですが報酬はお支払いさせていただきます」

丸山さんの言葉に、沙羅華もつけ加えた。

「アルバイトだと思って、やってみたらどうだ？」

「僕の過去の日記を整理して、出版するというのか？」

「慌てるんじゃない。それで私がＯＫすればの話だ。けれどもまず、君の好きなようにまとめてみればいい。内容的に問題なければ、丸山さんにお渡ししましょう」

丸山さんは嬉しそうにうなずいていた。

「仮に穂瑞先生からOKをいただいても、私どもの方で書き直しをお願いすることもあります。また原稿は、短過ぎても困りますが、あまり長くならないようにお願いします」

妙な話になってきた。僕の書きためた日記が、本になるかもしれないのである。

「それで、締め切りは?」

「そうですね……。出版するとすれば、なるべく年内の早い時期に出したいと思っておりますので、三月末に一度拝見させていただければ助かります。穂瑞先生の了解も、それまでに頂戴できているとありがたいです。

それと少し先の話ですが、本名ではなくペンネームをお使いいただいてももちろんかまいません。また著名な先生に、推薦を兼ねて解説文をお書きいただくこともできるんですが、如何《いかが》しましょう。ご希望の先生などはいらっしゃいますでしょうか?」

「そうだな……」僕は沙羅華の顔を見ながら、しばらく考えた。「M先生なんかどうだろう。僕の大好きな小説家なんだ。巻末の解説をお書きいただけたら、これほど光栄なことはない」

「やめた方がいい」と、沙羅華が言った。「どうせ褒めない」

「まあそういうことも、綿貫さんの原稿を拝見させていただいてからということでよいかと思いますので、どうかよろしくお願いいたします」

荷物を片付けて立ち上がる丸山さんに、僕は伝えた。

「僕はもう少し、穂瑞先生に話があるので……」

軽くうなずくと、丸山さんは沙羅華に深々と頭を下げて、帰っていった。

僕は沙羅華に向き直り、森矢教授の話を伝えようとして話し始めた。

「原稿を引き受ける代わりに、というわけではないけど……」

「分かってる」と、彼女が答える。「どうせ留学の話だろ？　父さんから、何度言われたことか。君も私を説得するよう頼まれたみたいだな」

「でもお前ほどの才能があれば、もう一度ちゃんと進学先を考えた方がいいんじゃないのか？　研究環境も、今はあっちの方がいいみたいだし」

「本当にそう思っているのか？」

彼女が僕をにらみつける。

「いや、だからそれは、君のお父上が……」

「それより、君はどう思っているんだ？」

聞かれたらどうしようと思っていたことを彼女に言い出されて、僕は一瞬、返事に困ってしまった。それで鳩村先生からさっき聞いたばかりのことを、多少アレンジして言うことにする。

「まわりがどうのこうのじゃなくて、大切なのは君の将来だし、最終的には君が決めることだろ」それだけでは情けないと思った僕は、少し付け足すことにした。「前に〝神のパズル〟の話をしてたよな。最後のピースを含めて、いくつかのピースが見つからないとか言ってたじゃないか……。このことは、それらのピースがどこにあるか。またそれらが何なのかによると思う。今の君が学んでおくべき大切なピースが現状で見つからないのなら、違う視点で探してみたらどうなんだ？」

「でも、私がアメリカに行ってしまってもいいのか？　仕事だって、どうするつもりだ。私がいないと、困るだろう」

確かにその通りだった。

黙ったままうつむいている僕に向かって、彼女がつぶやくように言った。

「だからと言うわけでもないが、日本にいてやるよ」

「そうじゃなければ、受験勉強なんかしない。合格さえしてしまえば、父さんも何も言わなくなるだろう」

「本当か？」

それで思い出した。僕は鞄から合格祈願のお守りを出し、沙羅華に渡した。

「私がこんなものを信じると？」馬鹿にしたように、彼女が僕に目をやる。「でも一応、もらっておくか……」

彼女が机の引き出しにお守りをしまうのを見て、僕はほっと胸をなで下ろしていた。

アパートに帰ってきた僕は、まず森矢教授に電話をかけ、彼女に留学の話をしたことと、それに対する彼女の気持ちを伝えた。

〈そうか、やはりな……〉

残念そうに、彼はつぶやいていた。教授にはとても感謝してもらえたようだったが、彼の望む方向に彼女の気持ちを変えられなかったこともあって、僕は少し恐縮していた。

それから僕は、本棚から二年前の日記を引っ張り出した。B5サイズのルーズリーフに手書きして、バインダーにまとめておいたものだ。

そしてキッチンテーブルに腰かけ、ノートパソコンを立ち上げた。この中にもいくつか日記のファイルがあって、ずっと放ったままにしている。沙羅華の本を出す話に付き合っているうちに、どういうわけか自分の日記を整理する羽目に陥ってしまった。確かに彼女が今、仕事をしてくれないのだから、いいアルバイトには違いないのだが……。

手書きの分は、そのままでは沙羅華にも丸山さんにも見せられないので、試しに最初の数ページを複合プリンタのスキャナで読み取り、書体《フォント》を明朝体《みんちょうたい》に変換してみる。変換ミスの他に誤字脱字もポツポツあるようだが、そんなものはその都度直していけばいい。作業の進め方はこれでいいとして、問題は中身である。「好きなようにまとめてみればいい」と言ってもらってはいるが……。

日記のページをパラパラめくっていると、当時の自分の悩みなんかも恥ずかしくなるくらいの密度で書き込んである。そういう部分はなるべく抜いておかないといけないだろう。じっと考えていても仕方ないので、二〇二八年の四月から、沙羅華に関係するところを主に抜き出してみることにした。

読み直していると、やはり彼女と出会ったころのことを、あれこれ思い出してしまう。鳩村先生に不登校の天才少女、穂瑞沙羅華をゼミに連れ出すよう頼まれたのが、そもそものきっかけだった……。

「バイトはもう済んだのかね、綿さん」

これが僕と彼女の、最初の会話だ。

噂通りのとっつきにくい女の子で、最初は僕も説得をあきらめて帰る。

後日、「人間に宇宙を作ることはできるのか?」という疑問をぶつけてみたところ、彼女はゼミに現れた。それで僕たちゼミ生は、宇宙を〝作れる〟派と〝作れない〟派に分かれて討論《ディベート》することになってしまう。行きがかり上、僕は沙羅華のいる作れる派の方にまわされ、彼女と二人で「宇宙の作り方」を考えなければ、卒業できないかもしれないという状況に追い込まれる……。

僕は日記を読み返すのを中断し、パソコンから顔を離した。

こうしてふり返ってみると、最初から無茶苦茶《むちゃくちゃ》な話である。出会った途端、僕の人生は、いきなり彼女にブンブンふり回されているではないか。

こんな具合に読み返しているときりがないので、今日はもう寝ることにした。さて、明日はバレンタイン・デー。でも沙羅華からはもう、チョコ代わりのアルバイトをもらったし、他に何かいいこと……ないだろうなあ……。

8

翌朝、僕はまず樋川社長に、今のところ沙羅華に留学の意志がなさそうなことを報告しておいた。

社長も幾分ほっとしている様子だったが、「しかし受験が終わって入学が正式に決まるまでは気が抜けない」と言いながら、女子社員からもらった義理チョコの一つを早速口にしている。

僕はさらに、過去の日記から沙羅華にまつわる記述を抜き出してまとめるというアルバイトについても事情を説明し、社長の許可をもらっておいた。

また鳩村先生にも、自分の席に戻ってから昨日のことを、バイトの件も含めてメールで伝えておく。

お昼休み前に守下さんから義理チョコ？　をもらい、たとえ義理でも温かい気持ちになっていたとき、沙羅華から電話が入った。

至急、〝むげん〟のSHIまで来てほしいという。

「チョコレートでもくれる気になったのか？」

軽い冗談のつもりで言ったのだが、彼女はまったく反応してくれなかった。

〈そうじゃない〉そして僕が予想もしなかったことを、彼女は口にした。〈以前、警視庁

の犯罪捜査システムを私がブラッシュアップしたのを覚えているか?〉

彼女とは実にいろんなことをやってきたので思い出すのに少し時間を要したが、そう言えば確か〝コムスタット〟とかいうシステムの補修に手を貸しながら、僕たちもそれを捜索活動に利用したことがあった。

「それがどうかしたのか?」

〈実は、そのときにお世話になった木暮久寿《こぐれひさとし》という警視から、さっき私に直接連絡があったんだ〉

彼のことも、何となくだが覚えている。刑事部で情報管理を担当していて、三十代前半の真面目そうな人だったと思う。

「木暮警視が?」と、僕は聞いた。

〈ああ。至急私に会いたいと言ってきた。電話やメールでは駄目で、直接会って、任意で事情を聞きたいと言うんだ。事情が何かについては、そのときに話すと〉

僕は受話器を握りしめたまま、うなり声をあげてしまった。何だか知らんが、ただごとではなさそうなことだけは伝わってくる。

〈とにかく、君も一緒にいてもらった方がいい〉と、彼女は言った。

それで僕も仕方なく、〝むげん〟へ急行することにした。

SHIには木暮警視の他に、捜査一課で特殊犯捜査を担当している宇都井吟次《うづいぎんじ》という刑事も一緒にいた。年齢は木暮警視よりも少し若く、がっしりとした体格で眼光も鋭い。味方にすると頼りになるが、敵に回すと怖そうなタイプだと僕は思った。

「その節はお世話になりました」木暮警視が、沙羅華に頭を下げる。「これは現場担当の宇都井の仕事ですが、穂瑞先生に話をおうかがいするということで、以前お仕事でご一緒した私もお邪魔させていただくことになりました」

「で、私に聞きたいことというのは？」と、沙羅華が切り出した。

木暮警視と顔を見合わせた後、宇都井刑事が彼女にたずねる。

「ゼウレトのラモンCEOが脅迫されていることは、ご存じですね？」

やはりその話かと、僕は思った。

それは彼女も同感だったようだ。

「ええ、聞いています。て言うか、警護に関するプライベートな依頼をいただきましたが、先日お断りしました」

彼女は苦笑いを浮かべていた。

「しかしターゲットが来日するとなると、我々の方は動かないわけにはいかないので、準備を進めていたところです」真剣な表情で、宇都井刑事が言う。

「そんな折、国際刑事警察機構《インターポール》を通じて、気がかりな情報が飛び込んできた」

「と言うと？」

彼は内ポケットからラージサイズのスマホを取り出すと、それを操作しながら説明を続けた。

「犯人からの脅迫メールを解析し、発信元をたどっていくと、アカウントにこういう文字列が」

彼はディスプレイを、僕たちに見せた。

プログラムの方はよく分からないが、宇都井刑事が指差したあたりには、〝MORIYAT〟と記されていた。

「モリヤット？」

そう僕がつぶやくと、宇都井刑事が首をかしげた。

「〝モリヤT〟とも読める」

「なるほどね……」沙羅華が顔を伏せて微笑んでいる。「それでモリヤTと推察される人物が、何らかの事情を知っているのではないかと動き出した」

モリヤなら、ズバリ沙羅華の父方の姓である。僕は思わず口にしてしまった。

「まさか、お前が疑われているのか？」

「あるいは、父さんも」と、彼女が答える。

宇都井刑事は否定もせず、うなずいていた。

「ええ。急を要することですので、森矢滋英教授にも別の人間が聴取に出向き、ご協力をお願いしています」

「モリヤはともかく、〝T〟の方はどう解釈しているんですか？」と、沙羅華がたずねる。

「そこは、父なら〝J〟、私なら〝S〟になりますよ。もっとも二人とも〝先生〟と呼ばれることがあるので、〝Teacher〟の頭文字を強引にくっつければ、〝モリヤT〟にはなりますが……。そもそも犯人が、犯行予告から本名を特定されるほどの馬鹿だと思っていらっしゃるんですか？」

「失礼はお許しください」木暮警視がまた沙羅華に頭を下げた。「我々は何よりも、情報がほしいだけなんです。一般論ですが、挑発するためにわざと自分の名前を名乗る犯人もいます。またモリヤTを知っていて、その名を騙《かた》る何者かかもしれません。何か心当たりがあれば、是非とも我々にお教えいただきたい」

黙り込んでしまった沙羅華を見ながら、僕も、モリヤと関係があってイニシャルにTがつく人物のことを考えていた。沙羅華のお母さんなら〝亜里沙〟で〝A〟だし、こんな事件とはまったく無縁の人間である。しかしその直後……。

僕の頭に、〝ティベルノ・アスカ〟という名前が浮かんだ。沙羅華の異母兄で、やはりゼウレトの精子バンクを利用して生まれた天才だ。年は彼女よりも、五歳上だったと思う。母親が計画通り出産に成功したにもかかわらず、引き取りを拒否したために孤児となってしまったというような身の上話を、沙羅華から聞いた記憶がある。契約上、ドナーの父親に養育の義務はなく、このことは父親に報告もされなかった。

そんな彼がもし父方の姓を名乗るとすれば、〝ティベルノ・モリヤ〟――つまり〝モリヤT〟になる……。

僕がそのことをひらめいた瞬間、沙羅華が口を開いた。

「ティベルノ・アスカ……。私の兄のことは？」

「もちろん、調べさせていただきました」と、宇都井刑事が答える。「ゼウレトさんにはお兄様も、複雑な思いをいだいていたことは十分うかがえます。ここだけの話ですが、自分の苦しみを生み出した大元ともいえるラモンCEOへの復讐《ふくしゅう》を、ずっと考えていたとしてもおかしくはない」

「けれども兄は……」

「それも調べはついています。すでに交通事故で亡くなられたそうですね。お気の毒なことでした」

宇都井刑事だけでなく、木暮警視も沙羅華に向かって頭を下げている。

「しかし彼でなくても」と、宇都井刑事が続けた。「彼が創設したとされる〝ディオニソス・クラブ〟の誰かが、彼の遺志を引き継ぎ事件にかかわっていることは、十分考えられます」

そこまで調べているのかと、僕は思った。

刑事さんの言う通り、ディオニソスというのは沙羅華の兄さんによって創設されたクラブで、彼のような天才が世界中から集まっているらしい。〝らしい〟というのは、ディオニソスは秘密結社のようなところで、表立った活動は特にしておらず、ネットで検索したぐらいではなかなか実体さえつかめない組織だからだ。

しかし企業を狙ったサイバーテロなどの背後で暗躍しているという噂を、これも沙羅華から聞いたことがあった。そんな彼らに最も狙われている企業が、ゼウレト・グループなのである。

一方で、同じ天才集団でもゼウレトが創設した〝アポロン・クラブ〟という組織もある。ゼウレトが生み出した天才児たちはほぼ自動的にそこに加入させられることになっていて、実は沙羅華もそのメンバーなのだが、ディオニソスはそこをドロップアウトした連中の受け皿にもなっているようだ。

また、これは刑事たちにもゼウレトの連中にも絶対に内緒なのだが、沙羅華の兄のティベルノは、戸籍上は死んだことになっているものの、どうも実際は生きているらしい。そしてディオニソスは、そんな彼の隠れ蓑《みの》でもあるようなのだ。沙羅華の話では、死を装っている彼も時折ネット上に出没することはあるらしく、その際によく使うハンドルネームは〝ライフロスト〟で、モリヤTではない。

もしも彼が生きているのなら、やはり彼が犯人ということは十分考えられるわけである。天才である彼がもしその気になれば、どんな事件でも起こせてしまうのかもしれない……。

沙羅華の方を見ると、何も言うなという顔で僕をにらみつけていた。

「モリヤTが、兄やディオニソスと関係があるとも決めつけられないですよね」沙羅華が宇都井刑事に言った。「さっきも言ったように、そもそも手がかりになるかもしれないアカウントをネットに残すようなことは、しないんじゃないですか？　刑事さんの言うように、何らかの目的があって誰かがモリヤTを騙っていることは考えられますが、そういう心理は私には分かりませんし、これ以上、思い当たることもありません」

宇都井刑事は「そうですか……」とつぶやき、肩を落とした。

しかし、今後の捜査にはできる限り協力することを沙羅華が約束し、その日の事情聴取は終了した。

二人が部屋を出ていった後、沙羅華はノートパソコンのキーボードを打ち始める。

僕は彼女にたずねた。

「何を調べているんだ？」

「海洋調査船〝アルゴ〟」と、彼女は答える。「覚えてないか？　君も見たことがあるだろう」

そう言われて思い出した。

「確か、ディオニソスのスポンサーが所有しているとかいう？」

彼女が入力作業を続けながら、軽くうなずいている。

以前、アリア・ドーネンというディオニソスのメンバーと接触したとき、目撃したことがあった。双胴船の一種で、中央に潜水艇〝イアソン〟を保持している。

キーボードをたたく手を止めた沙羅華が、「やはり……」とつぶやく。

「どうした？」

「また日本に寄港していたようだな。海水温など、地球温暖化の調査が主な名目になっているが、ディオニソス・クラブが実質的にかかわっているとすれば、彼らの目的のために利用されることも考えられる。もっとも、すでに港は出たようだが……」

「するとディオニソスの面々……、あるいは君の兄さんが来ている可能性もあると？」

彼女は唇に人指し指をあてた。

「声が大きい。それに私だって兄の生存を自分の目で確かめたわけじゃないし、もし生きているとしても、このことは絶対、誰にも内緒だからね。でないと兄さんは、今度こそ本当に消されてしまうかもしれない」

彼女はパソコンを切り、両手を顔の前で組み合わせた。

おそらく兄さんのことを思い出しているのだろうと思った。子供のころに別れて以来、彼女はずっと彼には会えずにいるのだ。

「別れてからもメールの交換はしばらく続けていて、いろいろ教えてもらった」彼女がつぶやくように言う。「私がこの前、地球温暖化対策について、『車に依存しない社会を構築すべき』と言ったのも、実はまったく兄さんの受け売りなんだ」

僕も時折、こんな具合に彼女から兄さんの話を聞くことはある。

人間としても、またこれはちょっと問題がないわけではないが、異性としても、彼女が追い求める高みにいるのは、どうも彼女の兄さんぐらいのようなのだ。と言うか、彼の背後に見え隠れする真理みたいなものに、彼女は惹《ひ》かれていたのかもしれない……。

彼女は、両腕で自分の体を覆うようなしぐさをした。

「いけない。何だか、ゾクゾクしてきた」

「大丈夫か？」

「ああ」うなずきながら、彼女が続ける。「それと綿さん、ラモンから依頼のあった用心棒の件だが、一度、担当者に会ってみたい」

「引き受けるつもりなのか？」

「だから、それを判断するためにも直接会っておきたいんだ」

それ以上は聞かなかったが、事件に彼女の兄さんが関与している可能性が急浮上してきたことで、彼女も考えを変えたのかもしれない。

僕は直ちに、アルテミSS開発部の芥田次長に電話を入れ、そのことを伝えた。

〈そうですか、ラモンも喜ぶと思います〉

芥田さんの喜びようは、電話からもよく伝わってきた。

「いや、まだお引き受けすると決めたわけじゃないんです」僕は片手をふりながら、彼に言う。「一度お会いして、直接お話をお聞きしたいと……」

〈でも穂瑞先生の気が変わらないうちに……。できれば私どもの部長もご挨拶にうかがわせていただきます〉

「部長さんも？」と、僕は聞き返した。

〈ええ、会うときっと、驚かれると思いますよ〉

彼の声色《こわいろ》が、微妙に変化する。

「どうしてですか？」

〈穂瑞先生は、すでにご存じかもしれませんが……〉

隣で沙羅華がスマホを操作し、一枚の写真を僕に見せた。

僕は芥田さんに「ちょっとお待ちください」と言い、スマホの画面をのぞき込んだ。

聡明《そうめい》そうな若い女性が、こちらを向いて微笑んでいる。

「辺見理央《へんみりお》。アルテミSS開発部の部長だ」と、沙羅華が言う。

沙羅華がそんな写真を持っていること以上に、僕は部長職にあるというその女性の若さに驚いていた。

「彼女も私も、ゼウレトが創設したアポロン・クラブのメンバーなんだ」写真を僕に見せながら、沙羅華が説明する。「随分前になるが、アメリカで暮らしていたころ、一緒に遊んでもらったこともある。クラブでは今、彼女はリーダー的役割を果たしている」

「随分、若いんだな……」

僕のつぶやきは、芥田さんにも聞こえたようだった。

〈ええ、弱冠二十三歳。余所の会社じゃまだ新入社員でしょうが、飛び級でアメリカの工科大学を卒業して、一気に部長にまで昇進した人です。グループ内での評価は高く、ラモン会長も特に目にかけていたと聞いています。ゼウレトのアメリカ本社勤務だった彼女を、アルテミSS日本支社に栄転させたのもラモン会長の一存だったようです〉

「栄転？」と、僕は聞き返した。

失礼ながら一瞬、左遷ではないかとも思ったからだ。

〈この異動で部長に昇格したわけですし、また一時はどうあれ、系列のさまざまな職場を経験させておくのは、将来の幹部候補生に対しては当然の処遇だと私は思っています。確かに、アメリカの勤務評定などを漏れ聞く限りでは、協調性や指導力に難有りとのことだったようですけれども、そこは天才にはありがちなことかもしれませんね。それで管理職としての実務などは、部下の私どもが支えているところです〉

芥田さんが言わんとしているニュアンスは、沙羅華を見ていると僕にも何となく分かるような気がした。

彼は小声で、〈今の話、部長には言わないでくださいね〉と、付け足していた。

それで早速、明日の午後にもこちらへ来るという。

沙羅華の都合を確認すると、最初から仕事の話と分かっているのなら自分の研究室でなくてもいいだろうと言うので、先方に来ていただくのは僕の会社ということになった。

9

翌日の午後、会社で沙羅華と待っていると、アルテミＳＳ開発部の辺見部長と芥田次長がやって来た。

まず守下さんが応接室へお通しした後、僕たちも応接室へ向かう。

僕は個人的に、辺見理央という開発部の部長に会えるのを楽しみにしていた。まだ写真でしか見ていないものの、知的そうな上に美しい人だったからである。

芥田次長は、電話の声から想像していた通り、四十歳ぐらいの穏やかそうな人だ。

そして辺見部長の方は、彼より二十歳ほど年下で、やはりショートカットのよく似合う美人だった。

「沙羅華、会えて嬉《うれ》しいわ……」

辺見部長は沙羅華を見るなり、満面に笑みを浮かべて近づき、彼女を抱きしめた。

「姉さんも、元気そうね」

沙羅華も、めったに見せないような笑顔でそう言った。

「姉さん？」

僕が聞き返すと、二人は秘密を共有するかのように顔を見合わせていた。

「もちろん、血はつながっていない」と、沙羅華が答えてくれる。「理央さんは、私の兄さんの同級生だったんだ。それで兄さんも一緒に、三人でよく遊んでもらった。その話はしただろう？」

そう言われれば昨日、芥田さんと打ち合わせたときに聞いたような気がする。

理央さんは、沙羅華の頭に手をあてていた。

「その後もネットではたまにやりとりしていたけど、直接会うのは本当に久しぶりね……」

心配そうに、沙羅華がたずねる。

「でも今、忙しいんでしょ？」

「そうなんだけど、沙羅華に早く会いたくて、私も来ちゃった」

そう言いながら、彼女はおどけたように舌を出していた。

僕も、芥田さんに次いでそんな理央さんとも名刺の交換をさせてもらった。

沙羅華と同じく、彼女はゼウレトによって生み出された天才で、アポロンのメンバーという点でも共通している。ただし年齢や、社会人としての経験のせいもあるかもしれないが、沙羅華より物分かりが良さそうな気がした。その反面、今の仕事がハードなせいか、やや疲れている感じがしないでもない。

早速僕たちは、本題に移ることにした。

まず芥田さんがアルテミSSと宇宙太陽光発電の概要を、パンフレットなどを見せながら直接沙羅華に説明する。前に佐倉が依頼に来たときには聞こうとしなかったような話も、彼女は何も言わずに聞いていた。

次に僕は、今回の依頼内容を芥田さんに確認させてもらった。前に聞いていた通り、具体的な警護はガードマンたちがするとのことで、沙羅華にはやはり警護アドバイザーとして、ラモンのそばで適切な助言をしてほしいとのことだった。

「また、うちの佐倉がお願いしていましたように、時間を見計らってシステムの方も助けていただけるとありがたく思います」芥田さんは、理央さんとうなずき合っていた。「何しろ電子工学のエキスパートである部長の辺見も、調整には苦慮している様子ですので……」

さらに沙羅華が、脅迫メールの捜査の進み具合について、芥田さんに質問していた。

どうやら彼女がアルテミSSサイドと会う気になった本当の目的は、これだったのではないかと僕は思った。

彼は犯行予告メールのコピーなどを僕たちに見せてくれたが、刑事たちから聞いた以上の情報は、彼も理央さんも知らない様子だった。

しばらく一人で考えていた沙羅華が、顔を上げて言う。

「分かりました。お引き受けします」

「え、本当ですか？」

芥田さんの顔は、一瞬で驚きと喜びの入り混じったような表情に変わっていく。

「感謝するわ」と、理央さんが微笑みを浮かべた。

しかし僕は、その前に片付けておかなければならない問題について、沙羅華に確かめておくことにした。

「受験は？」

「もちろん受ける」と、彼女が言う。「だから最低限、試験日だけは外してもらう」

僕はそれが、二月の二十五日と二十六日であることを、二人に伝えた。

「予定では、前日到着したラモン会長がうちの視察をひとまず終え、次にゼウレトの関連施設の歴訪に出るタイミングですね」スマホで確認しながら、芥田さんが答える。「やむを得ないでしょう。ラモンも了承してくれると思います」

「卒業式は？」僕はそのことも彼女にたずねた。「竣工式と日程が重なっている」

「それは状況次第だろう。それまでに犯人がつかまれば卒業式には出席するし、そうでなければ竣工式の警護にまわるかもしれない」

まだ納得がいかない表情を浮かべている僕に、沙羅華が言った。

「どうせ受験で上京するんだ。受験勉強なら、どこでもできる」

それで来週の十九日に沙羅華が上京し、システムの調整作業などを手伝いながら二十四日に予定されているラモンの来日に備えるというスケジュールができ上がっていく。その間に沙羅華は、試験会場の下見もしておきたいと言う。

他にも彼女に確かめておきたいことがあったが、沙羅華と二人の間では合意に達したようなので、正式に契約を取り交わすはこびとなっていった。

そして理央さんと芥田さんは、「よろしくお願いいたします」と言いながら、僕たちに頭を下げて帰っていった。

応接室に残されたパンフレットを見直している沙羅華に、僕はたずねた。

「どうして引き受ける気になったんだ？」

「やはり地球温暖化対策の一つとして、ＳＳＰＳは欠かせないからね。人間の矛盾によって他の動植物までダメージを受けている現状も、このままでいいはずがない。だからそうした計画が妨げられることがあってはいけないと思って……」

「ラモンの顔も見たくなかったんじゃないのか？」

　率直にそのことを、僕は彼女に聞いてみた。

「確かに」苦笑いを浮かべながら、彼女が答える。「実は契約を交わしたこの時点でも、迷っている。それはラモンの方も同じかもしれないな。何しろ、私みたいな人物を警護アドバイザーとして雇う方が、もっと危険かもしれないいんだから」

　彼女にしては珍しいジョークだと思ったが、僕は笑う気にはなれなかった。

「引き受けた本当の理由は……、やはり兄さんのことじゃないのか？」

　一瞬、真顔に戻った彼女が、小刻みにうなずいた。

「私の知る限りディオニソスは、テロ行為はしても人殺しだけはしなかったはずだが、今回は違うかもしれない。しかも犯行予告をしたのが兄さんである可能性は、否定できない。私はそれを確かめたい。その上で……」

　沙羅華は頭に両手をあてながら続けた。

「私は兄さんを、殺人犯にはしたくないんだ」

　何も言い返せずに僕が黙っていると、彼女はスマホを取り出し、音楽ソフトからモーリス・ラヴェル作曲の『亡き王女のためのパヴァーヌ』を選んで聴いていた。

「兄さんの好きな曲の一つなんだ」と、彼女が言う。「『ラヴェルの音楽は、まるで数学だ』と彼は言っていた。けど『数学的で美しい曲ならもっと他にある』と私が言い返して、論争になったことがある。そんな具合に、兄さんといるといつも喧嘩さ。でも、真理を探究したいという姿勢は共通していた」

曲を聴きながら、彼女は話し続けた。

「宇宙の始まりについて言い合っていたときも、『宇宙は一点から始まったというのはおかしい』と兄さんが言うんだ。〝点〟と言い放つとき、すでに広大な時空間の概念を前提にしているってね。その前提がなければ確かに点とは言えないし、そんなのが〝始まり〟であるわけがないと……。また、『膨張によって宇宙の果てが超光速で遠ざかっているのなら、我々は永遠に届かないものを追いかけていることになる』とも言っていた。幼かった私はよく分からないなりに、こういう兄さんの考え方には影響を受け続けてきたんだ。兄さんの疑問は私の疑問ともなっていったし、こんなことを語り合える人は、私のまわりには兄さんしかいなかった……」

確かに僕では務まらないと思った。

「でも彼、アポロン・クラブを出ていったのは分からんでもないが、どうして自分を死んだことにしたんだ？」

「アポロン・クラブやゼウレトとの関係が、ただならぬところまできていたんだろう。それに兄さんも私と似たところがあって、社会にも人にも苦手意識がある。それで誰ともかかわりたくなかったのかもしれない」

「だったらそんな兄さんが、どうして犯行声明を送りつけてラモンとかかわってくるんだ？」

「私には分からない。けどラモンを恨んでいるのは確かだし、事業を拡大し続ける彼に対して、ついに一線を越える気になったと考えることはできる。そしてラモンとの関係に、決着をつける覚悟なのかもしれない」

やはり沙羅華は、そんな兄の暴走を止めるつもりのように僕には思えた。何せ彼は、彼女にとっては最大の理解者であり、幼少期の孤独感も癒《いや》してくれていた最愛の人物である。しかし彼女が彼と直接対面したとき、実際にどんな行動に出るのかも僕にはとても気がかりだった。ラモンを快く思っていないのは、彼女も同じだったからだ。

「まさかお前、土壇場で兄さんに協力するなんてことは、ないだろうな？」

「さあ、それはどうかな……」

彼女はどう解釈していいか分からない微笑みを浮かべながら、応接室を出ていった。

沙羅華が帰った後、僕はアルテミSSと契約したことを、電話で佐倉にも報告しておいた。

彼も大喜びで、上京したらみんなで飯でも食おうという話になる。

アパートに戻って出張の準備でもしようと思って立ち上がったとき、守下さんに声をかけられた。

「今度の仕事のことだけど」と、彼女が言う。「綿貫君、どんな服装で行く気？」

僕はためらわず、自分の胸のあたりを指差した。

「いつも着ている背広だけど？」

「要人《VIP》の警護をするのに、そんな服じゃ……」彼女があきれたように、首をふる。「相変わらずね」

「でも他にいいスーツなんか、持ってないし……」

「じゃあ、今から買いに行きましょうか？」

というわけで僕は、彼女の見立てで背広を新調することになった。

申し訳なさそうにしている僕の背中をたたき、彼女が微笑む。

「これも仕事のうちだから。それと背広代、私にも少し援助させて。義理チョコだけじゃ申し訳ないと思っていたから……」

それから僕たちは、ブランドものにも負けないぐらいの見栄えで、かつ安くて丈夫な逸品を探しに、街の紳士服店を訪れたのだった。

僕は、こんなこと沙羅華は絶対やってくれないだろうなあと思いながら、守下さんと背広の品定めをしていた。

彼女と駅で別れて自分のアパートに戻ってきた僕は、出張までに少しでもサイエンタ出版のアルバイトを済ませておくことにした。

何せ締め切りまで一か月半しかないのに、日記の整理はまだ二年前の四月の上旬までしか片付いていなかったのだ。早速、作業に取りかかることにする……。

当時、ゼミの合間に僕たちは、建設中だった加速器〝むげん〟の見学をしたりしている。また僕は、就職活動を始めながら、〝むげん〟のすぐ近くにある農家のお手伝いをするというバイトを引き受けていた。今は畑になっているが、あのころは、あそこでお米を作っていたのだ。

一方、ゼミで「宇宙の作り方」について考えることになってしまった僕は、沙羅華に教えられて猛勉強も始めている。ほとんど知識もない僕に、少しでも物理学のことを分かりやすく説明しようとしてくれる彼女がちょっといい奴に思えたことを、僕はなつかしく思い出していた……。

とにかく四月分の日記は、一応整理を終えることができた。

締め切りを考えると出張期間中もやらないと間に合いそうにないので、僕は五月以降の日記もスキャンしてデータを取り込み、出張にはノートパソコンも持っていくことにした。

雨水………（うすい）

1

二月十九日の朝、僕はターミナル駅の改札口で沙羅華と待ち合わせ、東京へ出発した。

「その背広は、どうしたんだ？」

指定席に腰を下ろしてすぐ、彼女が僕にたずねる。

「これか？」襟元を軽く引っ張りながら、僕は答えた。「守下さんにコーディネートしてもらったんだ」

「だと思った」彼女が脱力したように、シートにもたれかかる。「〝馬子《まご》にも衣装〟といったところだが、どう逆立ちしても君が買いそうにない服だからね、それは。で、ちゃんとお礼はしたのか？」

僕は首をふった。

「逆に支払いの方を、少し助けてもらった」

「君ぐらいニブいと、人生幸せだな。まわりは迷惑だが」

「お前に言われたくない」

沙羅華も今回の仕事を意識してか、濃紺のスーツスタイルで決めている。彼女だって今回のためにあつらえたのだろうが、少し大人っぽくも見えて、彼女にはよく似合っていると思った。

あまりじろじろ見るのも失礼なので、僕は窓の外に目をやる。

あいにく、雨が降り出してきたようだ。

「そう言えばこの時期のことを二十四節気では、〝雨水〟と言うらしい」彼女が独り言のように話し始める。「雪が降る機会は少なくなり、また雨の冷たさが和らいで、草木も芽ぐみ始める時期だからだそうだ。三月上旬の〝啓蟄《けいちつ》〟までの期間を指すこともあるらしい」

「よく知ってるな」

僕がそう言うと、彼女は面倒そうに答えた。

「受験勉強で覚えたのさ。けど君に褒められるとは、受験も意外に役に立つようだな……」

その後彼女は、森矢教授とも先日、今回の件で話したことを教えてくれた。

やはり教授のところにも刑事がやってきたらしく、彼は誠実に対応したという。また彼は沙羅華に留学の意志がないことを受け入れたようで、今週中にもアメリカへ出発するとのことだった。

東京駅には、芥田さんが出迎えに来てくれていた。今日はまず、都心にあるアルテミSS日本支社の事業本部が入るビルで打ち合わせた後、ラモン会長も訪れる予定のサテライト《S》・サン《S》計画の主な地上施設を下見することになっている。

　僕たちは芥田さんに案内されるまま、地下駐車場のワンボックス・カーに乗り込んだ。ダッシュボードには、少し大きめのディスプレイに文字入力画面が表示されている。

「いいカーナビですね」

　何気なく僕がそう言うと、運転席に腰かけた芥田さんが答える。

「カーナビゲーション機能も備えていますが、これは〝コネクテッド・カー〟でして……」

「コネクテッド？」と、僕は聞き返した。

「ええ、運転中はインターネットと常時接続しているので、目的地までの道順や時間だけでなく、渋滞情報などもリアルタイムで分かるんです」

　二人のやりとりを横で聞いていた沙羅華が、「君の会社のバンとはえらい違いだ」と、つぶやいていた。

　僕が思っていたことを、彼女に言われてしまった。自慢じゃないが、僕がいつも彼女を乗せている会社のバンに、こんなものは付いていないのである。

　オフィス街を走り出して間もなく、アルテミＳＳ日本支社に到着した。周辺の建物と比べて特に目立った特徴があるわけでもなく、十数階建てのごくありふれたビルである。ここは経理や総務といった、会社として主軸となる機能を担っているところで、ＳＳ計画に関係する現場へは、この後案内してもらうことになっている。

受け付けを済ませてエレベータに乗った僕たちは、テーブルを囲んで椅子《いす》が十席ほどある小会議室に入った。

芥田さんは内線電話をかけた後、「ちょっと部長を呼んできます」と言って部屋を出ていった。

沙羅華と二人で待っていたとき、ドアをノックして現れたのは、佐倉だった。営業部の仕事を抜けて、僕たちに挨拶《あいさつ》に来たようだ。

「お前らには、心から礼を言わせてもらう。おかげで俺の顔も立った」彼はぺこりと頭を下げた。「それで、SS計画の受電施設や変電所へは?」

「ああ、これから案内してもらうことになっている」と、僕は答えた。

「仕事のことは、開発部の芥田に聞いてもらった方がいい。じゃあ、俺とはまた今晩飲もう」

彼は僕たちに手をふって、部屋を出ていった。

今晩の会食のことは、彼女にも伝えてOKをもらってある。佐倉の奥さんも、子供を連れて来るらしい。

しばらくして芥田さんが、理央さんと一緒に戻ってきた。

「よく来てくれたわね。あなたに手伝ってもらえるなら、大助かりよ」

沙羅華と握手を交わし、テーブルについた理央さんは、早速仕事について話し始めた。

「やはり私たち開発部からお願いしたいことは、実証実験を目前にひかえたシステム全体の最終チェックの方ね。プログラムは私も見直しているけど、沙羅華にも確認してもらえるとありがたい。とにかく竣工式《しゅんこうしき》で、会長のラモンがスイッチを押すと同時に発電して見せないといけないわけ」

「ただし、ずっと協力はできないの」と、沙羅華が答える。「ラモンが到着するまでの何日間か――しかもフルタイムでは無理なんだ。協力できてもせいぜい、最低限のデバッグぐらいかな」

「聞いているわよ。大学受験でしょ。それに、ラモンの介護アドバイザーもあるしね」

僕が横から、「警護アドバイザーです」と訂正した。

「同じようなものよ。あのラモンを相手にするんなら……」

その警護について打ち合わせる前に、芥田さんが内線電話で関係者を呼び出していた。

「日本側だけでなく、ラモン会長はボディガードを伴って来日します」と、芥田さんが言う。

「いまだに、そこがよく分からない」沙羅華が首をかしげていた。「さらに警察も警戒するんだろ？　それほど厳重にガードしておいて、その上私にまで助けを求めるというのが……」

「ですから会長に、いろいろアドバイスをしていただければ」芥田さんが申し訳なさそうに答える。「詳細は会長から直接話があるそうで、そのためにも穂瑞先生には会長のそばにいてもらいたいということなんです」

ドアのノック音に続いて、警備会社の制服を着た男が入ってきた。

「失礼します」

いきなり僕たちに敬礼する彼を、芥田さんが紹介してくれる。

イベント警備を担当する、芹根《せりね》満軌《みつき》プロジェクト《P》・マネージャー《M》だという。三十代の後半くらいで、体格も顔も引き締まっていて、僕みたいにいろんなところがたるみ切っている人間とは大違いである。

芹根さんは早速、今回の警備方針について僕たちに説明してくれた。特に爆発物については竣工式の会場以外にも、ラモンの視察ルートや宿泊先を中心に、警察と協力して調べる予定になっているという。

イベントの警備に関しては経験豊富な人らしいので、僕は大船に乗ったような気分で聞いていた。

沙羅華が手をあげ、「その後、捜査の進展は？」と聞いた。

芹根さんが芥田さんの方に目をやる。

「いえ、特に……」と、芥田さんが答えた。「報告では、他のアカウントなどを突きとめても、ほぼランダムな文字列で意味が読み取れず、それ以上の探索は困難なようです」

「にもかかわらず、一か所だけ〝モリヤT〟と読めたということですか？」僕は彼にたずねた。「すると例の文字列も偶然だったとも考えられますよね」

「その節はいろいろご迷惑をおかけしました……」

芥田さんが僕たちに頭を下げる。

刑事による事情聴取のことを言っているようだった。

「そんなことは気にしていただかなくてもかまいません」沙羅華が彼に向かって手をふる。

「私の方こそ、あれは仕事を受けない私をおびき出すために、ラモンたちが仕掛けた罠《わな》かもしれないと思っていたんですから」

理央さんが笑いながら「彼もそこまでワルじゃないわよ」と言っていた。

芹根さんがみんなの顔を見渡して、話を続ける。

「犯人が狙《ねら》う可能性が高いのは、やはり竣工式典ではないかと考えています」

「おそらく、そうでしょう」と、芥田さんがつぶやく。「内外に与えるショックも大きい」

「けど、どうやって?」

僕がそうたずねると、みんなは黙り込んだ。

確かにそれが分かれば、誰も苦労しないわけである。

「ですから、最も警戒しているのは爆発物です」と、芹根さんがくり返す。「他の方法——たとえば銃やナイフについても、要所で所持品検査をさせていただくなどの対処を検討しています」

「とにかく、のちほど現場を見ながらご判断いただければ」と、芥田さんが言う。「気になる点や危険個所などを、そこでチェックしましょう」

見学前の予備知識として、芥田さんから宇宙太陽光発電計画とSS計画について、ややふみ込んだ説明があった。芥田さんは沙羅華の質問にも、丁寧《ていねい》に答えている。また僕も、宇宙太陽光発電についての理解を深めることができた。

たとえばそのやり方に、太陽エネルギーをレーザーに変換して送るというアイデアもあったことは知っていたが、詳細についてはよく分からなかったのだ。芥田さんの説明では、レーザー方式だと人工衛星を小型にできるが、天気が良くないと受信に悪影響が出てしまうらしい。マイクロ波方式と比べるとそれぞれ一長一短があるようだが、やはり天候に左右されにくいという点などが決め手となって、SS計画ではマイクロ波方式を採用したようである。

「マイクロ波とはいえ、周波数も波形もレーザー並にまで精度を上げているの」と、理央さんが補足していた。

とにかく〝日食〟のような〝食〟の期間はあるものの、それを除けばほぼ二十四時間電力を供給できるらしい。

また、実証実験では二系統を同時並行的に進めていることも佐倉から聞いていたが、〝アルテミス一号〟と名付けられた衛星を中心とするシステムをアメリカ本社が、〝アルテミス二号〟の方を日本支社が担当しているという。その衛星からのマイクロ波を、それぞれレクテナという受信アンテナ群で電気エネルギーに変換し、集電所から変電所を経て各家庭へ送るわけである。

「これから実際に、ラモン会長の視察コースに沿ってご説明しながら、竣工式会場となる変電所まで見てまいりたいと思います」芥田さんが立ち上がった。「ではまず、ヘリポートへ」

「ヘリポート？」と、僕が聞き返した。

「言ってませんでしたかね？　ＳＳ計画の受電施設までは橋もつながっていないので、上陸するには船かヘリコプターで……。さもなくば、泳いで行くかです」

僕たちは再び、さっきのワンボックス・カーに戻った。そして芥田さんが運転席に、警備の芹根さんが助手席に、沙羅華と理央さんが二列目に乗り込み、僕は最後尾に腰を下ろす。

外に出ると、雨はもうやんでいた。

窓の方を向いている沙羅華に、理央さんが話しかける。

「お兄さん、お気の毒だったわね……」

そう言えばこの前、彼女が沙羅華の兄さんと同級生だと聞いたのを、僕は思い出していた。打ち合わせが一段落したタイミングで、理央さんはプライベートな話を始めたようだ。

沙羅華は顔を伏せ、小さくうなずいた。

どうも理央さんも沙羅華の兄さんは死んだと信じているようだったので、僕は横から余計なことを言わないよう注意しようと思った。

「ティベルノには私も、仲良くしてもらっていた」と、理央さんが続ける。「いい人だったのに、本当に残念……」

彼女がそう言うのももっともで、沙羅華が日本に渡ってからも、理央さんは沙羅華の兄さんとずっと会っていたというのだ。

「彼、私にネックレスもくれたのよ」彼女は、首筋から少しだけ見えている貴金属製の鎖に手をのばした。「プレゼントされたとき、私が『これって磁気ネックレス？』って聞いたら、彼、がっかりしていた」

沙羅華が笑いながら、少し冷やかすようにたずねた。

「ひょっとして、ペンダントトップはハート形とか？」

「そんなんじゃないわよ」胸元を押さえながら、理央さんは少し頰《ほお》を赤くしたようだった。

「ハート形なんて、彼の趣味でもない。でもペンダントトップは二人だけの秘密だから、沙羅華にも見せてあげない」

沙羅華はすでに知っていたようだが、理央さんとティベルノが交際していたらしいことは、彼女の話しぶりからも察することができた。

「私にとっても、彼は大切な人だった……。でも彼、アポロン・クラブの問題児だったからね」

理央さんは苦笑いを浮かべた。

「クラブを辞めたのは当然かもしれない。クラブの連中からは裏切り者呼ばわりされてたけど、生きてれば、もっと問題を起こしていたでしょうね」

「問題児という点では、私たち、みんな似たもの同士じゃない」と、沙羅華がつぶやく。

「姉さんだって、昔からいじめられていたんでしょ？」

「まあね。親とも友達とも話が合わず、いつもティベルノに助けてもらっていた……」

確かに彼女も、沙羅華とよく似ているようだと思いながら、僕は理央さんの話を聞いていた。

「ティベルノも地球温暖化のことはずっと気にしていたし、私も何とかしないと大変なことになると思っていた。だから今の仕事についたのも、そんな彼との因縁があったせいかもしれないわね。その彼にもう会えないというのは、私も本当に辛《つら》い」理央さんが、背伸びをするように両腕をあげた。「でも、頑張るしかない……」

沙羅華はゆっくりと首をふった。

「しかしゼウレト出身の天才として活躍すればするほど、ゼウレトの株は上がり、ラモンを喜ばせることになると思うと、複雑な気持ちになることがある」

「確かに……。沙羅華とは活動分野は違っているけど、その意味では同じことのようね」

「ああ。元凶はラモンだ。私たちがいくら天才でも、ラモンの手駒《てごま》にすぎないって思う」

「やっぱり私たち、気が合うわね」理央さんが、沙羅華の肩をたたいている。「でもお互いアポロン・クラブのメンバーなんだし、余所《よそ》では言わない方がいいわよ……」

しばらくして、湾岸エリアにある都営のヘリポートに到着した。広さは数万平方メートルもあり、マスコミだけでなく、警察や消防など公共機関のヘリコプターがここを利用しているらしい。

堤防の上では、何人もの人たちが釣りや散歩を楽しんでいた。

駐車場で車を降り、航空会社の事務所でフライトの手続きが済むのを待つ。僕はその間、ヘリ用の駐機場と、ヘリパッドといわれる発着場の方をながめていたのだが、その向こうの海側の敷地は芝生の植え込みになっているようだった。

それから芥田さんに案内されるまま駐機場へ向かった僕たちは、待機していたヘリコプターに乗り込んだ。

2

受電施設に向かうヘリの中で、僕は時折、窓から都心を見下ろしていた。ゴミゴミした街も、上空からだとまるで模型の大パノラマを見ているようで、美しくさえある。これが沙羅華と二人だけのスカイクルーズなら夢のようなひとときなのだが、そういうわけにもいかない。

ビル街をながめていた理央さんが、僕に話しかけてきた。

「人間は馬鹿《ばか》よね」

「どうしてですか?」と、僕は聞き返す。

「だって地球温暖化という危機を招いておきながら、便利で快適な暮らしをやめようとしないんだから……」

やがて矩形《くけい》の埋め立て地が並ぶ陸側から五キロほど沖合に、直径約二キロメートルの奇麗な円形をした受電施設が確認できた。円の南端には突堤のような部分があり、そこには電波望遠鏡かと思うほど大きな、直径十数メートルのパラボラアンテナが一つあった。円の内部にはレクテナと呼ばれる数メートル四方の専用アンテナが、約一千枚近く整然と格子状に並べられている。

SS計画の巨大さを目《ま》の当たりにした僕は、ただただ驚きながらそれらの設備をながめていた。

受電施設の円周部分の、陸地に近い側にも突堤があり、四階建てぐらいの建物が見える。屋上には、丸とHという字を重ね合わせたようなヘリパッドがあった。どうやらそのビルが、集電所らしい。

僕たちはそこに着地した。

ヘリを降りた芹根さんが、早速カメラを取り出して周囲を撮影しているので、僕もスマートフォンで主要設備を撮っておくことにした。

「アクセスが限定される受電施設で、しかも人の出入りも制限されるのであれば、警備上の課題も軽減されるかもしれませんね」と、芹根さんが言う。

「ラモン会長の視察時と竣工式当日には、海上にも警備艇が出る予定になっています」―芥田さんは彼の方を見てうなずいていた。「ちなみにこの受電施設ですが、鋼鉄製の柱で支える桟橋構造になっています。東京国際空港のD滑走路の一部とほぼ同じ工法ですね。名称は公募で決められることになっているので未定ですが、私どもは仮に〝アルテミス二号島〟と呼んでいます……」

　芥田さんは建物の屋上から、周囲を見渡しながら説明を続けた。

「受電施設から誘導信号を衛星に向けて送信するパイロット・アンテナや、送られてきたマイクロ波を電気エネルギーに変換するレクテナ群はすでに完成していますが、周辺部の工事はこれからのところもあります。工事用の電力は今まで本土から海底ケーブルで供給されていましたが、実証実験開始とともに自給に切り替わる予定です。こんな曇り空でも発電可能ですから、地上で行う太陽光発電とは、そこで大きな差が出ます。

　レクテナにはマイクロ波の照射状況を調べるという目的もありますので、ご覧のように施設全域に設置されています。もちろん連続的な照射開始は竣工式の後の予定ですが、断続的な照射テストは何度か試していて、今のところ特に問題は起きていません。万一のための消防システムも施設内に完備しています」

　施設周辺部での工事の様子をながめながら、僕は芥田さんに質問した。

「作業しているのは人だけじゃなくて、ロボットもいるみたいですけど？」

「むしろ逆よ」と、理央さんが言う。「今は『まだ人もいる』と言うべきなの」

　芥田さんが補足説明してくれた。

「お聞きになったかもしれませんが、SS計画が稼働すると、このあたりはマイクロ波の影響を考慮して、原則的に人間は立入禁止になります。したがってロボットが管理し、無人でも何ら支障なく給電できるよう考えられているわけです」

そのためメンテナンス用のヒト型ロボットを、実証実験段階ではバックアップを入れて、五十台用意しているらしい。柔和そうな表情を浮かべているそれらロボットは、バッテリーで動き、マイクロ波を浴びる前提で作られているという。背中にも、補助充電用で可動式のレクテナが、妖精《ようせい》の羽根を思わせるような形で装着されている。前に佐倉からも聞いたが、〝リコンディショニング・ロボット〟を略して、〝リコボット〟と彼らは名付けたそうだ。

また芥田さんは、今、僕たちのいる集電所は稼働中も定期的に人が立ち寄らざるを得ない施設なので、部分的に電磁シールドが施されていることも説明してくれた。

「あのロボット、喋《しゃべ》るんですか？」と、僕はたずねてみた。

「リーダー格のロボットぐらいはね」と、彼が答える。「他は話せません。さっきも言ったように稼働中は無人ですから、人間と話す必要がないわけです」

僕は納得しながら、彼の説明を聞いていた。

リコボットの他に、彼らは〝マルチローダー〟と呼ばれる多目的作業車も二十台ほど導入していた。施設の周辺部を見ると、確かに無人で動いている作業車もあるようだった。

一見すると大型のフォークリフトのような格好をしていて、ボディの側面には、自在に動かせる大きなアームが二本備わっている。さらにマルチローダーは、リコボットにも操縦できるよう設計されているらしい。

そうした作業ロボットの格納庫兼ドックは、この集電所の一階だけでなく、施設の南側に位置するパイロット・アンテナの下部にも設置されているという。

「アメリカで暴走したというのが、あの手のマシンですか？」

そうたずねると、沙羅華が僕の脇腹《わきばら》を小突きながら、「余計なことを言うな」という表情で僕をにらみつけた。

「ご指摘の通りです」苦笑いを浮かべながら、芥田さんが答えてくれた。「ただアメリカでの事故の経験から、日本でも作業ロボットのプログラム管理には特に厳しくしておりまして、ハッキング防止のため、この集電所か、あるいはこれから見学する変電所でしか書き換えができないようにしています」

次に芥田さんは、レクテナについて説明を始めた。

個々のレクテナがやや南に傾いているのは、パイロット・アンテナと呼ばれるパラボラアンテナと同じく、アルテミス二号のある赤道のはるか上空の静止軌道の方を向いているからだという。

僕は気づいたことを彼に聞いてみた。

「けどさらに、やや東寄りにも傾いているみたいですけど？」

「それは、実証実験のためのコンバート・シフトになっているからです」

「戦ってどうする」すかさず沙羅華が、僕に突っ込みを入れた。「コンバートだ。失敗が許されない実証実験だから、多少利得《ゲイン》を犠牲にしてでも、一基がトラブッたときに、もう一基が使えるよう配置してあるんだ。それにより最悪の事態に陥ったとしても、日本とアメリカの、どちらか一方は必ず発電できる」

理央さんが沙羅華の説明を補足した。

「たとえばアメリカの受電施設が壊れて、日本の方は問題ないとする。まさに今の状況ね。そのとき、もし仮に日本の衛星が故障すると、二つのシステムとも駄目になってしまう。それを避けるために、問題のないアメリカ用の衛星をこっちで使えるようにしておくわけ。また逆パターン——日本の受電施設とアメリカの衛星が故障した場合でも、コンバート・シフトによって最低一系統の発電能力は確保しておく」

僕は首をかしげた。

「そんな話、どこかで聞いた気がするなあ……」

「〝はやぶさ〟じゃないですか?」と、芥田さんが言う。「今世紀初頭、あの小惑星探査機が無事に帰還できた理由の一つとして、イオンエンジンにそうした冗長性《リダンダンシー》をもたせていたことがあげられる。我々も、そこから学んだわけです」

芥田さんに案内されて、僕たちは屋上のドアから集電所の中へ入っていった。

一階にある制御室は、やや手狭なものの、テレビで時折見かける原子力発電所のそれと部分的に似ていると僕は思った。受電施設の南端にあったパイロット・アンテナの制御信号などは、変電所の制御室から出す予定らしいが、バックアップとしてこの集電所からもコントロールできるという。

操作卓《コンソール》にはすでに、衛星の活動状況を示す表示がいくつも点灯していた。奥にあるスチール製のラックには、テスターなどの小型計器や工具類が整然と収められている。また中央の会議机には灰皿などの他、テレビ会議用の小型モニターも置いてあった。

衛星が受け止めた太陽エネルギーは、マイクロ波からさらに電気エネルギーに変換され、この集電所で集められた後、海底ケーブルを経由して陸側の変電所へ向かうわけである。竣工式典は、その変電所前で行われる予定になっていた。

僕たちはヘリコプターに戻り、陸側の変電所へ向かう。

受電施設のほぼ対面に位置する敷地には、変電用の鉄塔がいくつも設置されていた。ヘリが管理棟の屋上に着地する。

五階建てのビルで、屋上から受電施設の様子を辛うじてながめることができた。ＳＳ計画の日本側の工事事務所もここに設置されているらしく、そのため関係施設では最も早く完成したらしい。

まず屋上で、僕たちは芥田さんから竣工式の段取りについて説明を受けた。来客用のテントの設営などがあるため、式典は駐車場を含むビル前の広場で行われるという。駐車場にはすでに数台のパトカーがとまっていて、警官たちが周辺の警護にあたっていた。

「やはり、式典会場が狙われるのでは？」と、僕はつぶやいた。「狙いやすい上に、与えるダメージも大きいし……」

「総務の担当者とも打ち合わせて、会場全体をフェンスで覆う予定です」芹根さんが答える。「爆薬の設置や爆発物の持ち込みなどにも十分警戒します」

「警備については基本的に、芹根さんたちのチームと警察におまかせしましょう」沙羅華が僕にそう言った後、芥田さんの方を向いた。「お指図通り私はラモン会長のアドバイスに専念しますが、捜査面で気がついたことがあれば皆さんにも連絡させていただきます」

その後僕たちは、変電所の内部を見学させてもらった。

最上階の制御室は、集電所のそれよりもかなり広く感じられる。コンソールに向かって作業をしていた数人の社員たちが、僕たちを見かけると起立し、挨拶してくれた。

室内をながめ回していた沙羅華は、早速ここでの作業の進め方について、理央さんと芥田さんに説明を始めた。まずデバッグについてだが、彼女が開発した非公開のデバッグ・ソフトを使いたいという。そのためには自分のパソコンをシステムに接続し、人工衛星や地上施設を順次チェックしていくことになる。その上でシステムの効率化などの面でアイデアがあれば、遠慮なくアドバイスしたいと彼女は言っていた。

それらの作業について、理央さんは彼女に許可を与えた。

「いいわよ、信頼してるから」

沙羅華がシステムをいじるというのに、そんなに安請け合いするものじゃないだろうと内心思っていたが、この際仕方のないことだというのも僕は感じていた。

そして明日から、彼女はこの変電所の制御室で作業を始めるという。

また芥田さんの方から、リコボットやマルチローダーについて、アメリカのような事故が起きないようにチェックしておいてほしいという依頼があった。

「でも、暴走の原因は解明されていないんでしたよね」と、沙羅華が言う。

芥田さんは頭に手をあてていた。

「ええ、まあ……」

「解明されていないのなら、対処の仕様がないじゃないですか」

それで結局、そっちに関しては時間があればチェックするということになったようだ。

さらに僕たちは、式典会場の予定地周辺などを見てまわった後、再びヘリコプターに乗り込んだ。

3

アルテミSS日本支社へ戻ってきたころには、もうすっかり暗くなっていた。僕たちの今日の予定は、これでひとまず終了となる。

理央さんも「じゃあ、よろしく」と言って、開発部の自分のデスクに戻っていった。

帰り際に芹根さんから、「ラモン会長に随行されるのでしたら、あなた方もせめて防刃《ぼうじん》ベストを着用されていた方がいいでしょうね」と言われ、それは彼の会社で用意してもらえることになる。

その後はまた芥田さんに送ってもらい、アルテミSSが用意してくれた都内の高級ホテルに到着した。五日後には、ラモンの一行もここに泊まる予定になっている。

チェックインを済ませ、芥田さんに礼を言って彼とはそこで別れた。

それぞれの部屋で荷物整理などをした後、普段着に着替えて再びロビーへ下りる。これから佐倉一家との食事会に出席するのだ。

最寄《もよ》り駅に向かう途中、僕は彼女を横目で見ながら、何だかデートしているような気分になっていた。こんな日が今後も続いてくれればいいと思う。けれども沙羅華の関心事は、隣にいる僕ではなかったようである。

電車内で彼女は、「今日は姉さんと話ができて良かった」とつぶやいたのだ。

「理央さんのことか？」

「ああ。美人だし、仕事もできるし、私なんかつい、あこがれてしまう……」

僕から不思議そうな顔で見られていることに気づいた彼女は、笑ってごまかした。

「自分でも分かってるさ。兄さんへの思いが、実際に目の前にいる彼女に転移しているのかもしれないということぐらい……。それより、君はどうなんだ。頼むから、話をややこしくしないでくれよな」

「どういう意味だ？」と、僕は聞いた。

「一目惚《ぼ》れでもしたんじゃないかという意味だ」

黙ったまま、僕は首をふった。

確かに理央さんと芥田さんを見ていて、芥田さんの立ち位置が自分とよく似ているなとは思っていた。立ち位置が似ているのであれば、僕と沙羅華の関係は、僕と理央さんにもあてはまるようなものである。

けれども、理央さんはどことなくクールで、彼女に自覚はないかもしれないし僕のひがみかもしれないのだが、何だか見下されているように感じるときがたまにあった。そんな理央さんと僕の間に人並みの恋愛関係が成り立つとは、到底思えないのである。しかしそれは、立ち位置が似ている沙羅華にも言えてしまうのかもしれないのだが……。

彼女もそのとき同じようなことを考えていたらしく、「私も大人になれば、姉さんみたいになっていくのかな」とつぶやいたのだ。

「理央さんは理央さん、君は君じゃないか」僕は彼女に言った。「違う生き方も、違う人生もある」

しかし彼女は、返事をしない。

僕は生唾《なまつば》をのみ込み、思い切って彼女に言ってみた。

「一度君に、話しておきたいことがある。君が卒業してからでもいいんだが……」

彼女は僕を見つめ、「何だ？」と聞いた。「言いたいことがあるなら、今言えばいいのに……」

「いや、僕の気持ちの整理も、まだついてないし……」

電車が駅に到着したこともあって、僕はその先のことを彼女に伝えずに降りた。

佐倉が通勤に使っているという駅の改札を出て、ロータリーに向かう。そこにとまっていたワンボックス・カーから佐倉の奥さんが降りてきて、僕たちに笑顔で手をふった。

「今晩は」

蛍さんと会うのは、僕も久しぶりだった。

「二人とも、本当になつかしいわね」蛍さんが僕たちに言う。「いろいろあったけど、元気だった？」

沙羅華も微笑《ほほえ》みながら、「『いろいろ』は余計だ」と答えていた。

運転席の佐倉にも挨拶して、車に乗せてもらうことにする。

二列目の座席にはベビーシートがあり、彼らの子供が寝かされていた。

「可愛《かわい》いなあ……。男の子だったよな？」

そう僕が言うと、沙羅華も赤ん坊の顔をのぞき込んでいた。しかし彼女は子供をあやすようなことはせずに、後部座席へと向かう。

僕も彼女の隣に腰かけた。

そのへんのファミレスでいいと僕は思っていたのだが、佐倉は「湾岸エリアのレストランを予約した」と言い、車を発進させる。

僕は後ろの席から、ダッシュボードにはめ込まれた大きなディスプレイに注目していた。

「この車も、コネクテッド・カーなのか？」

「インターネットに常時接続されているという意味ではそうなんだが」と、佐倉が言う。

「ちょっと奮発して、もう一クラス上にした」

「上？」と、僕が聞き返す。

「自動運転車だ。これからのことも考えてな……」

「チャイルドシートの子供に気を取られて、事故を起こしたりしないようにって、彼が……」と、蛍さんが補足する。

隣で沙羅華が、「君の会社の〝手動運転車〟とはえらい違いだ」とつぶやいていた。

僕も思っていたことを、彼女にまた言われてしまった……。

港のランドマークにもなっている高層ビルの駐車場で、車を降りる。

ベビーカーに乗せられた赤ん坊は、楽しそうに笑っていた。

子供のそばに近寄ろうとしない沙羅華に、僕は聞いてみた。

「子供は苦手なのか？」

「どちらかと言うと、そうかな」と、彼女がつぶやく。「泣かれたりすると、どうしていいか分からないじゃないか。でも笑顔はキュートだし、瞳《ひとみ》もクリアだし、やっぱり可愛いと思う……」

僕たちはエレベータで、最上階のレストランへ向かった。

「ここ、高いんじゃないのか？」

僕が佐倉にたずねると、彼は笑って答えた。

「心配するな。芥田さんが『そうしろ』と言うんで、君たちの分は一応、会社から出るんだ」

窓側の席に座った僕たちは、取りあえずノンアルコール飲料で乾杯した。

「夜景が奇麗ね」と、蛍さんが言う。

佐倉がうなずいていた。

「これだけのエネルギーを支えるシステムがいる、ということでもあるがな」

「確かにそこが問題でもある」僕は赤ん坊に目をやった。「この子はやがて次の世紀――二十二世紀を生きるんだろうけど、そのころには世の中、一体どうなっているのかと思うよな」

「ああ。自分はともかく、この子たちの未来を何とか守ってやらないといけないと思う。俺だって子供ができるまでは、そんなふうに考えたこともなかったんだが……」

僕たちは、蛍さんの膝《ひざ》の上で眠る赤ん坊に目をやった。

沙羅華も赤ん坊を見つめていたが、僕にはそれが、何か実験結果を記録しようとする科学者の眼差《まなざ》しのようにも思えた。

「しかし、こんな小さくて無力な生き物が生きていけるというのは、どういうわけなんだろうな」と、彼女がつぶやく。

蛍さんが首をひねっていた。

「真面目《まじめ》に聞いているの？」

沙羅華の疑問には、僕が答えてやった。

「多分、両親はもちろん、まわりに愛されているからじゃないのか？」

不思議そうに、彼女は口をとがらせた。

「ふうん……。そんなものなのか？」

「ああ、そういうものだ」佐倉も笑顔でうなずいている。「未来のエネルギー問題もさることながら、お前らの未来はどうなんだ？」

「先行き不透明だな」と僕は答え、沙羅華を指差した。「決まっているのは、こいつの大学進学ぐらいだ」

蛍さんが大きな声で言う。

「また大学へ行くの？」

「よほど勉強が好きなんだな」佐倉もあきれたように首をひねっていた。「そう言えば『人間に宇宙は作れるか』なんてテーマで、大真面目にディベートしてたっけ……。しかしいずれはお前らも、宇宙じゃなくて、自分たちの幸せについて考えてみたらどうだ？」

「大きなお世話だ」

僕はつい、膨れっ面になって反論した。

「そうだな」と言って、彼が微笑む。「穂瑞がその気になったら、また何をやらかすか分からんしな……」

食事をしながら僕たちは、そんなバカ話をひたすら続けていた。

けれども赤ん坊もいるし、明日からの仕事のこともあるので、それからしばらくして佐倉一家との食事会はお開きになる。

帰りの電車の中で、僕は沙羅華に話しかけた。

「幸せそうだったな、佐倉たち」

「そういうことは、私にはよく分からない」と、彼女が答える。「でも、いつか自分もあんなふうになれるんだろうかというふうには思った。いつか結婚して、子供も産んで……」

「なれるよ。心配しなくても」

何なら手伝う……、と続けて言いかけた僕は、言葉をのみ込んだ。

「綿さんこそ、どうして幸せになろうとしない?」

僕の方を見ずに、彼女がつぶやく。

「どういう意味だ?」

「だって、なろうと思えばなれるのに……。守下さんなら、お似合いじゃないか」

僕は、「何で、彼女なんだよ?」とたずねた。

「スーツをコーディネートしてくれたんだろ?」

「でも彼女、『これも仕事』とか言ってたんだぜ」

「そうなのか?」

そう聞き返す彼女が、少し安心したように僕には見えた。

「佐倉君たちの話だったよね」彼女はそう言って顔を上げた。「平凡な幸せなんて、つまらないし、自分にはできない生き方だとずっと考えていた。けれども彼らを見ていて、それはそれで価値はあるんだなあと気づけたような気がする。でもそれは彼らの生き方であって、私のそれじゃないかもしれない……」

沙羅華とそんな話をしているうちに、僕たちはホテルに到着した。

「私はこれから受験勉強の続きをしないといけない。合格してほしいなら、邪魔をしないでほしい」

いつもの調子で釘《くぎ》をさされた僕は、部屋の前で彼女と別れた。

翌日からは、沙羅華は変電所の制御室でシステムのチェックを、僕は彼女をサポートしながら、日記の見直しを再開した。

二〇二八年の五月分を終え、六月分にさしかかったとき、サイエンタ出版編集部の丸山さんから電話がかかってくる。

〈進み具合は如何《いかが》ですか?〉

彼女は穏やかな声で、僕にたずねた。

僕は、すでに作業を開始したことと、締め切りの三月末まではできるだけ間に合わせるつもりであることを、彼女に伝えた。

そして沙羅華がシステムの調整を、僕がアルバイトの日記整理を続けているうちに、とうとうラモンが来日する日になった。

4

二月二十四日の日曜日は、朝からどんよりと曇っていた。僕たちは、芥田さんや理央さんと待ち合わせて東京国際空港へ向かう。

空港にはすでに警察官や、芹根さんをはじめとする警備員が多数待機していた。他にも宇都井刑事や、数名の私服警官も張り込んでいる。

間もなくラモンを乗せた自家用ジェット機が、定刻通りに着陸する。

僕はスマホから自動通訳アプリを選択し、イヤホンを耳に差し込んでおいた。

沙羅華や理央さんと一緒に到着ゲートで待っていると、関係者やボディガードたちを伴いながら、彼が現れた。

五十代の恰幅《かっぷく》のいい日系人で、上等なスーツを着ている。ラモンはゼウレトやアルテミSSの、日本支社の役員たちから順に握手をしていた。

すると、彼を取り囲むように五人ぐらいいたボディガードのうち、リーダーらしき人物が近づいてきて、芥田さんや芹根さんたちに続いて、僕たちにも挨拶してきた。ヘンリー・カーターという名前で、ボディガードのなかでも最も屈強そうな男だった。

「こちらの警備も万全なようですね」と、彼は僕たちに言った。「予告メールを送りつけてきた人物も、犯行は断念せざるを得ないでしょう……」

芹根さんは、大きくうなずいていた。

役員たちとの挨拶を一通り終えたのか、ラモンはようやく僕たちの方へもやってきた。そして理央さんと軽く抱擁を交わした後、彼は沙羅華と向き合い、握手を求めるように片手を差し出す。

沙羅華は表情を変えず、黙ったままそれに応じた。

その後僕たちは、カーターの紹介でラモンの取り巻きたちとも挨拶させてもらう。

そして一行は、まずアルテミSS日本支社の事業本部へ向けて出発した。

ラモンのリムジンには、彼のボディガードの他、理央さんや沙羅華、それから僕も乗せてもらう。

車が動き出すとすぐ、ラモンは葉巻を取り出し、それに火をつけた。

「サラカ、私の願いを聞き入れてくれてありがとう」彼は車の進行方向を見つめたまま言った。「仲良くやろうじゃないか」

沙羅華は、窓の方に顔を向けている。

「現れていきなり『仲良くしましょう』という人と仲良くするほど、私はお人好《ひとよ》しじゃありません」

ラモンは気分を害するどころか、その場で大笑いしていた。

「噂《うわさ》通りだな。もうちょっと、愛想良くしたらどうなんだ？」

「あなたからの仕事は受けましたが、残念ながら私に接待まではできかねます」

「それもそうだ……。ところで、この男は？」ラモンは、あごの先を僕に向けた。「君のボディガードか？」

「まさか」沙羅華が急に笑顔になる。「私の助手です」

「そうだろうな」彼は僕を見ながら、うなずいていた。「そんなしまりのない顔と体で、ボディガードは務まらない」

僕はスマホの翻訳を聞きながら、顔は関係ないだろうと思っていた。

葉巻をくわえたまま、彼は自分のスマホを見始めた。メールのチェックでもしているらしい。スマホの操作を続けながら、ラモンはつぶやくように言った。

「数多くの天才を作ってきたが、君たちもいよいよ収穫の段階にさしかかってきたかな」

「収穫、ですって？」理央さんがあきれたように言う。「やっぱり私たちのこと、お金儲《もう》けの道具ぐらいにしか思っていないのね……」

彼は苦笑いを浮かべていた。

「ビジネスとしての側面について言っただけじゃないか。もちろんみんな愛している。優秀なお前たちは、特にな……」

「だったら、どうして日本に？」と、彼女は言った。「私はアメリカでの暮らしに満足していたのに」

「幹部として将来活躍してもらうためには、いろんな部署を経験してもらわないといけないだろう」

「私だって」沙羅華が横から口をはさんだ。「明日は入学試験だというのに、空港までお出迎えして誰かさんの警護だ。入試の前日にこんなことをしている受験生はいないでしょう」

「君には感謝している。よくこの仕事を引き受けてくれた」

彼はスマホを見ながら、沙羅華に礼を言っていた。

「しかしこれだけ警備が厳重なのに、何で私を？」と、彼女は聞いた。「理由は、あなたが直接話すとうかがっていますが」

小刻みにうなずくと、彼はスマホをポケットにしまった。

「犯行予告メールが届いた段階で、すでに胸騒ぎがあった。それで君に会いたいと思い、依頼したんだ。その後の解析でアカウント名のモリヤTに出くわしたときには、もう確信していた」

沙羅華が黙っているので、「どういうことですか？」と、僕はたずねた。

「モリヤに関係するTと言えば、やはりティベルノ――君の兄さんじゃないかと思っている」彼は沙羅華に言った。「アポロン・クラブのなかでも、ずば抜けて優秀だった。私も楽しみにしていたにもかかわらず、勝手に辞めていった。何が気に入らないのか知らないが……」

沙羅華が顔を上げ、ラモンを見つめた。

「兄が犯人だと？」

「ただし君の兄さんは、もう死んでいる」彼はゆっくりと首をふった。「気の毒だったな」

どうやらラモンも、沙羅華の兄さんは死んだものと思っているようだった。

「すると考えられるのは、ティベルノが創設したという組織——ディオニソスだ」と、彼は言った。「組織全体か、あるいはそのメンバーの誰かが犯人じゃないのかということだ。しかしディオニソスは、ちょっと調べたぐらいでは尻尾《しっぽ》を出さない秘密結社ときている」

「なるほど……」

ラモンの真意に気づいたのか、沙羅華が何度もうなずいている。

「あとは分かるだろう。最近のディオニソスの動きについて、何か知らないか？　ティベルノの交友関係などで、君だけがつかんでいる情報もあると思うんだが……。あるいは君なら、その情報収集能力を駆使して、何か調べているんじゃないのか？」

彼の言葉を聞いて、僕もようやく理解した。どうもそれが、沙羅華を呼び寄せたラモンの目的だったらしいのだ。確かにディオニソスのディープな情報なら、沙羅華に直接聞いた方がいいかもしれない。

しかし沙羅華は、「残念ながら、私は知りません」と答えた。

それは僕の予想通りの答えでもあった。兄が生きていることも含めて、沙羅華がディオニソスのことをラモンに話すとは思えないのである。

ラモンもそのことは分かっていたようだ。それで彼女を彼のそばに置いておいて、時間をかけて情報を聞き出すつもりなのかもしれない。そのための〝警護〟だったのだろう。

「そうか……」彼はそうつぶやいた後、沙羅華に微笑みかけた。「しかしディオニソスの連中の考えそうなことは、君なら分かるはずだ。君ならではのアドバイスをしてもらえるとありがたい。私の命がかかっているんだ」

それには答えず、「脅迫メールは、少なくとも事実だったんですね」と、沙羅華はつぶやいた。

「どういう意味だ?」

「案外、狂言かも、とも思っていましたから。会長のお考えとは言いませんが、SS計画の遅れをごまかすため、と考えられなくもなかったので」

ラモンはそれを聞き流し、またポケットからスマホを取り出していた。

アルテミSS日本支社の事業本部があるビルに到着すると、社員たちが玄関でラモンを出迎えた。

その賑《にぎ》わいの中で、僕は沙羅華に小声でたずねた。

「ラモンの目的は、やっぱり君から情報を聞き出すためだったんだな」

彼の方に目をやりながら、沙羅華はうなずいた。

「つけ加えると、彼は私も疑っているのかもしれない。それで逆に、自分の目の届くところに置いておきたかったということじゃないかな」

僕は感心しながら、彼女の話を聞いていた。

「お前、そこまで考えていて、よくキレなかったな……」

以前の沙羅華なら、大声でまくし立てていたと思ったからだ。

「私がラモンに対する憎しみをセーブできていたとすれば」彼女が僕を見て微笑んだ。

「それは君と一緒にいて学んだことかもしれないな……」

会議室でラモンは、まず日本側のSS計画の進捗《しんちょく》について、理央さんから報告を受けていた。

次に芥田さんが、今後のスケジュールを説明する。

今日はこれからヘリコプターで、SS計画の地上施設を見てまわることになっている。以前、僕たちが下見をしたコースとほぼ同じだった。

また明日からラモンは、ゼウレト日本支社の関連施設などを、観光やゴルフも兼ねて視察するらしい。そして三月一日に予定されている竣工式前には、またここへ戻ってくるという。

ただし明日から二日間、沙羅華は入学試験があるので現場を離れることになる。また竣工式は高校の卒業式と日程が重なっているので、彼女はどちらかを欠席しなければならないのだが、それはここ数日の状況をみて彼女が判断する。

早速僕たちはヘリポートへ向かうため、再びリムジンに乗り込んだ。

窓から街並みをながめていたラモンが葉巻に火をつけ、小さな声でつぶやいていた。

「何だかんだ言いながらも、人はエネルギーを使い続けていく。この天国と地獄がない交ぜになった社会が、人類にはお似合いなのさ……」

そして彼はスマホを取り出し、その画面の方に目を向けた。

ヘリポートに入ると、広い敷地内に何台もの車が並んでいた。

航空会社の事務所での手続きを待った後、僕たちは駐機場を通りながら、徒歩で指定されたヘリパッドに向かう。

広大な駐機場内は全面舗装されていて、いくつかの航空会社のヘリコプターが数機とめられていた。

刑事たちは別のヘリコプターで、先行して受電施設へ向かったようである。

ラモンの視察のために用意された大型ヘリコプターは、すでにエンジンがかけられていた。

ヘリに向けて、芥田さんを先頭にほぼ一列で歩いていたときだった。遠くの方から、駐機場に向けて走ってくる一台の車が見えた。

5

その白いセダンはヘリポートの関係車両とは思えず、また次第に加速しているように見えた。

駐機場内の車の立ち入りは制限されているはずなのに……、と僕が考えている間にも、車はこっちへ向かってくる。

その背後にも、シルバーメタリックの別な車が確認できた。

白の車の方は、すでにかなりのスピードに達している。

ひょっとして、ラモンを狙っているのでは？

僕がそう思うのと同時に、ボディガードのカーターが、「危ない！」と叫んだ。

彼の一言をきっかけに、みんなが駐機場内を散り散りに逃げ始める。僕の動悸《どうき》も、一気に激しさを増した。

沙羅華と僕は、数人のボディガードとともにラモンを安全な場所に誘導しようとしていた。けれども周囲には、エンジンのかかっていないヘリコプターが数機あるのみで、他には何もない。

僕たちは急いで、近くに駐機されていたヘリコプターの脚部《スキッド》の間に逃げ込んだ。見ると、他のみんなも同じように、別なヘリの下にもぐり込んでいるようだった。

カーターは体を伏せた姿勢のまま、背広の内側から銃を取り出した。そんなものを持ち込んでいたのかと思っている僕の目の前で、彼は接近する車に向けて発砲する。

それは確実に、運転席に命中していた。

しかし車はブレる様子もなく、こっちに向かってくる。

「完全自動運転だ」と、沙羅華が言う。

その白のセダンは他のヘリコプターではなく、僕たちのいるヘリコプターをめがけてぶつかってきた。

轟音《ごうおん》と叫び声のなかで、スキッドの片方は崩れ、ヘリが大きく傾く。

衝突した車の前部も大破しているようだ。

ヘリのダメージも大きく、次の衝突には耐えられそうにない。

隙間《すきま》からはい出した僕たちは、さらにバラバラに散っていった。

ラモンとカーター、そして沙羅華と僕は、カーターの指示で、ここから少し距離はあったが待機している大型ヘリへ向かうことにした。

しかし到着前に、次の車の接近を察知した機長が衝突を避けるため、急上昇したのだった。ヘリは僕たちの少し上空で、ホバリングを始めていた。

ヘリパッドに取り残された僕たちに向かって、シルバーメタリックのバンが接近してくる。やはり運転席に人影はなく、確実にラモンを狙っているようだ。

カーターが銃をかまえる。

「狙うならタイヤだ」と、沙羅華がアドバイスしていた。

破裂音がしたかと思うと、僕たちのわずか手前で車はコースを外れていった。

駐機場の入り口に、また別な車が進入してくるのが分かった。赤のスポーティ・カーだ。

これだと上空の大型ヘリが降下してくれる見込みはない。

僕たちは駐機中のヘリを盾にしながら、航空会社の事務所に向かうことにした。

「でも無人の車が、どうしてラモンを狙えるんだ？」僕は沙羅華に聞いた。「車載カメラの画像でも見ながら、どこかで操縦しているのか？」

しかし返事をしている余裕は、彼女にはなさそうだった。

反対側の入り口から、もう一台別な車が入ってくるのが見えたからだ。やはりスポーティ・カーで、色は黒だった。

両サイドから接近してくる二台の車は、僕たちの動きに合わせて進行方向を変えているように見える。

これではきりがないし、とても事務所までたどり着けないと僕は思った。

「このままだと、ひき殺される」ラモンは荒い息で叫んだ後、僕たちに提案した。「リムジンを呼ぼう」

彼が胸ポケットのスマホに手をのばしている。

「いや、間に合わない」即座に否定した沙羅華が、突然大声で言った。「それだ」

「何がだ？」

聞き返すラモンに、彼女が叫ぶ。

「スマホを捨てろ。なるべく遠くへ！」

しかし沙羅華の精一杯の大声も、上空のヘリのプロペラ音にかき消され、ラモンには聞こえていないようだった。

彼女は彼の耳元でくり返していた。

「いいからスマホを捨てるんだ。あなたが持っているスマホを全部」

「できない」ようやく聞こえたらしい彼は、首をふった。「スマホには重要なデータが……」

彼は逃げまどいながら、胸ポケットのあたりを手で押さえていた。

「時間がない」

沙羅華はそうつぶやくと、ラモンの背広のポケットに手を突っ込む。

「いや、駄目だ」彼は拒んでいた。「機密情報の塊だ。中身を知られたら、私は破滅してしまう」

「分からないのか？　捨てないと、私までひき殺されてしまうんだ」

その間にも、数台の別な車が駐機場に入り込みつつあった。

彼から二台のスマホを奪い取った沙羅華は、事務所とは逆の、海側のフェンスに向けて走り出した。

ラモンも彼女を追いかけ、また元の方向へ戻ろうとしている。

「サラカに大事なスマホを奪われた！」

車を銃で狙っていたカーターもラモンの叫び声に気づき、何を思ったか、銃口を沙羅華に向けようとしている。

僕は咄嗟《とっさ》に、彼に体当たりをした。

次の瞬間に銃声が響く。

慌てて沙羅華の方を見たが、彼は狙いを外したようだ。

カーターが銃弾を込めているが、手が震えているのか手間取っている。

沙羅華はふり返り、追いかけてくるラモンに叫んでいた。

「馬鹿、来るな！」

彼女は二台のスマホを、人がいないところまで持っていって電源を切るか、堤防に向かって投げ捨てるつもりらしい。

堤防の釣り人たちは何らかの異変に気づいたようで、僕たちの方を見ている。

二台の車が、それぞれ別方向から近づいてきていた。

僕は、沙羅華の推理が外れていたらラモンと心中するかもしれないと思いながら、彼を追いかけ、羽交《はが》い締めにした。

二台の車は、ラモンのスマホを奪った沙羅華の方に進行方向を変えているようにも見える。

そして赤のスポーティ・カーはもみ合っている僕とラモンに、かすかに接触して通り過ぎた。

反動で、僕たちはその場に横転してしまう。

僕が顔を上げると、進行方向だけを見て全力疾走していた沙羅華は、舗装帯と芝生との段差で転倒していた。

彼女が握りしめていた二台のスマホが、芝生の上を転がる。

立ち上がった沙羅華は、段差を越えてなお向かってくる赤い車を、辛うじてかわしていた。

しかし転がり落ちたままのスマホと沙羅華のほぼ同一線上にあった黒い車が、急接近してやはり縁石で大きくバウンドし、それを乗り越える。

「危ない！」

僕がそう叫び、カーターがタイヤを狙い撃ちしていたときだった。

咄嗟に飛び退こうとした沙羅華は間に合わず、バンという大きな音とともに、歩行者用エアバッグが開き始めたボンネットの上にはね上げられた。

そして彼女の体は、芝生に落ちていく。

「沙羅華ぁ！」

僕が気を動転させて彼女にかけよる間に、赤と黒の車はそれぞれUターンし、スマホが落ちている芝生の上で衝突していた。

6

沙羅華は意識不明のまま、救急車で都内の総合病院へ搬送された。

僕がうろたえていてもどうなるわけでもないと思い、取り急ぎ、彼女の母の亜里沙さんに連絡を入れておく。

本日のラモンの視察は中止となったため、芥田さんも理央さんも現場が一段落した後、病院の救急救命室《ER》にかけつけてくれた。

「どうしよう……」理央さんはかなり動揺しているようだった。「沙羅華を巻き込んでしまった……」

その日は日曜日だったが、僕は樋川社長にも報告を入れておくことにする。

〈お前がついていて、何ということだ……〉とつぶやいた後、社長は絶句していた。

結果がこの通りなのだから、何を言われても仕方がない。けど僕なりに、懸命に彼女を守ったつもりだった。あのとき僕が、銃を向けたボディガードを制止していなければ、彼女は撃たれていたかもしれないのだし……。

樋川社長からは〈穂瑞先生を、しっかりフォローするように〉と言われ、僕は電話を切った。

さらに鳩村先生にも辛い連絡を入れた後、僕は彼女の無事を祈りながらじっと廊下で待っていた。窓の外をながめると、曇り続けていた空から、とうとう雨が降り出している。しばらくして、木暮警視や宇都井刑事がやってきた。現場検証を進める一方で、関係者や目撃者に事情聴取をしているという。

「我々も何かあるとすれば、会長が変電所に到着されてからだとにらんでいたんですが」と、木暮警視が言う。「まったく不意をつかれる形で起きた、想定外の事件でした。残念です」

廊下に出てきた担当医から、沙羅華の意識はまだ回復していないと告げられた。全身に打撲がみられ、左腕や肋骨《ろっこつ》など数か所を骨折しているという。重傷だが内臓に目立った損傷はなく、全治一か月程度という診断だった。

一命は取りとめたと分かり、僕たちはひとまず胸をなで下ろしていた。

一方ラモンは、怪我《けが》というほどの怪我はなかったにもかかわらず、この病院の特別室に入院することが決まった。竣工式の出席は未定としながらも、他の予定はすべてキャンセルしていた。しばらくここにこもって、やり過ごすつもりのようだ。

マスコミは事件現場だけでなく、この病院にも大勢押しかけてきていたが、沙羅華はもちろん、ラモンも面会謝絶となっていた。

また、現場で派手に発砲したボディガードのカーターだが、警察の事情聴取を受けたものの、ラモン一派らが手をまわしたのか、その後解放されたらしい。

それから立場上、僕は病院の事務局から、沙羅華の入院の手続きをまかされていた。少なくとも彼女のお母さんが到着するまでの間、僕が看病もしてやらねばならないだろう。かと言って女の子の看病なんて、僕に務まるわけがないのである。

そんなことは言っていられないので、僕は理央さんにも協力をお願いして、病院の売店へかけ込んだ。パジャマを探したが、青のジャージぐらいしかなかったので、取りあえずそれを買っておく。

夜になって彼女のお母さんが、血相を変えて病院にやってきた。

「沙羅華、沙羅華……」と、叫び続けている。

状況を説明しようとしたものの、彼女の取り乱しようは半端ではなく、僕たちは何度も落ち着くよう彼女に言わなければならなかった。この分だと僕は、母親の面倒もみなければならないかもしれない。

しかしお母さんは、アメリカに戻ったばかりの沙羅華の父、森矢滋英教授にも連絡を入れてくれたらしい。

あとはお母さんと僕で様子をみるからと言って、芥田さんや理央さんには、一旦《いったん》ご自宅の方に帰っていただいた。

翌日の朝、点滴の交換中に、沙羅華の意識は回復した。

看護師さんがすぐに、主治医を呼びに行く。

「気がついたか？」

僕やお母さんが問いかけても、しばらくぼんやりしていた彼女が、小声でうめいた。

「痛っ」

体を起こそうとしたようだ。

「安静にしていないと駄目だ」

僕が毛布をかけ直してやると、彼女は周囲を見回していた。

「ラモンは？」

「ああ、無事だ。かすり傷程度で済んだ」

「父さんには言わないで。余計な心配をかけたくない」

彼女のお母さんが、眉間《みけん》に皺《しわ》を寄せながら大きな声で答えた。

「言わないわけにはいかないじゃないの。なるべく早く……と言ってもアメリカからだけど、こっちへ来るって言ってたわよ」

沙羅華は顔だけを動かして、窓の外を見つめている。

「今は皮肉を言う気力もない……」

僕は内心、少しほっとしながら、「無理して喋らなくていい」と彼女に言ってやった。

彼女が意識を取り戻したことは、関係者にもすぐに伝わっていく。

あのときの状況を思うと、僕には骨折と打撲程度で済んだのが本当に奇跡のように思えていた。

沙羅華は個室に移され、容体も次第に安定していった。ただし彼女の希望もあって面会謝絶は継続し、マスコミもシャットアウトしている。

ベッドから動けない彼女は、病室に設置されたテレビで、自分の怪我が報じられたニュースの続報などを放心したようにながめていた。

そんななか、芥田さんや理央さんやボディガードたちを伴って、ラモンが見舞いに訪れた。特別室に入院中の彼は、パジャマの上から高そうなガウンを着ている。

「君に頼んだのは、正解だった」沙羅華の指先を軽く握りながら、彼が言う。「おかげで命拾いした。やはり俺は、人を見る目があるな」

彼女は苦痛に顔をゆがめながら、彼と反対側に顔を向けた。

「おかげでこっちが死にかけた……」

彼が帰っていった後、彼女は「今後ラモンの見舞いは辞退するので、この病室には近づけないでほしい」と僕に告げていた。

とにかく彼女の意識が回復したことは、芥田さんも理央さんも喜んでくれた。

入院中の沙羅華の面倒は、落ち着きを取り戻したお母さんがみてくれている。

「沙羅華とはゆっくり過ごす時間がなかったし、いい機会なのかも」と、お母さんは言っていた。

ただしずっと付きっ切りというわけにもいかないので、交代で僕が病室にいることもある。

体を起こせるようになった彼女は、左腕を三角巾《さんかくきん》で固定し、僕が買った青いジャージをコルセットの上から羽織っていた。

「これは君が?」

片手でジャージをつまみながら、彼女が聞いた。

「ああ」と、短く僕が答える。

「ふうん。相変わらず、趣味が悪いな」

「そう言うな。僕が買いにいったとき、病院の売店にそれぐらいしかなかったんだ」

「まさか、下着も?」

「いや、そっちは理央さんが選んでくれた」

「姉さんが?」

「ああ。仕事で大変なのに、入院のときは随分助けてもらった」

僕がそう言うと、彼女は「そうか……」と言いながらうなずいていた。

彼女が入院した影響は、あちこちで出始めている。まずアルテミSSからの依頼は、入院期間を考えると、ラモンの警護もシステム整備もリタイアせざるを得なくなっていた。

また大学受験の方は、試験会場に行くこともできなかった。

「仕方ない。この有り様じゃ……」

自分で自分を納得させようとしていた彼女は、何故《なぜ》か急に「君のお守り、ちっとも効かなかったじゃないか。合格どころか、受験もできなかった」と、僕に八つ当たりした。

相当ショックを受けているはずなので、僕も言い返したりせず、「ごめん」と一言謝っておいた。

「こんなときには、体が痛んでいる方がむしろ楽だな」

彼女は強がっているのか、僕の方を見て微笑んでいた。

7

沙羅華が意識を取り戻してから二日目、彼女の回復具合を見極めていた宇都井刑事が、事情聴取に訪れた。

彼女は質問に答えながら、当時の状況をなるべく具体的に話し始める。

宇都井刑事も、ラモンの警護を継続していることを、彼女に伝えていた。

「で、捜査の方は？」と、彼女は聞いた。

「お話を続けても大丈夫ですか？」

逆に彼が沙羅華にたずねる。

「ええ、もう少しぐらいなら……」

宇都井刑事はうなずきながら、手帳を取り出した。

「あのときへリポートの駐車場にとめてあった自動運転車のうち、完全自動運転可能なレベル4の車は、すべて異常動作を起こしたようです。自動車の暴走事故は今までにもないわけではないですが、今回のケースはただの暴走ではない。明らかに意図的に仕組まれている」

「無人の車に人を襲わせるなんて……」と、僕はつぶやいた。

「そんなことでむきになっていたら、毎日怒ったり泣いたりしないといけないじゃないか」

沙羅華はそう言うと、シニカルな微笑みを浮かべていた。

「手がかりは多いんじゃないですか？」僕は宇都井刑事に言った。「大都会の片隅で起きた事件だし、防犯カメラにも何か映っているでしょう」

彼は頭に手をあてた。

「確かに車の持ち主も、すべて判明しています。当然、まず彼らが疑われますから、過失の線も含めて聴取を進めた。しかし彼らは一様に、何も心当たりがないと言うのです。また彼らは自動運転車のオーナーという以外に接点はほとんどなく、事件当時も全員、車から離れたところにいて、エンジンやモーターも勝手にかかったと言います。オーナーたちに関してはパソコンも携帯も調べられたんですが、犯人につながるような情報は何も得られていない」

「だったら、他に仕掛けた人物がいるはずでは？」

「けれども駐車中の車に近づくそれらしき人物は、防犯カメラにも映っていなかった。犯行に使われた車もすべて調査中です。欠陥車である可能性もゼロではないので、それぞれメーカーにも調べてもらっているところですが、今のところ、異常動作につながるような証拠は見つかっていません」

「でも異常がなければ、暴走するはずがないじゃないですか」僕は少々興奮気味で、彼に言った。「しかもただの暴走じゃない。正確にラモンを狙っていた」

「位置情報は穂瑞さんの推察通り、ラモン氏の携帯の、グローバル《G》・ポジショニング《P》・システム《S》信号を連続的にピックアップしていたようです。少なくとも犯人は彼の携帯情報の一部を入手していたことは考えられるわけで、今、ラモン氏の許可を得て、着信記録やプログラムなどが調べられています。知り得た情報は、捜査以外に用いないと約束した上でね」

「けど頭のいい奴《やつ》なら、そんなところに証拠を残すとも思えない」

僕がそう言うと、宇都井刑事は首をふった。

「それが……、鑑識からの第一報によれば、広告を装ったメールの発信元をたどると、やはりアカウント名に〝モリヤT〟とあるのを見つけたようです」

「私たちには捕まえられないと確信して、わざと記しておいたのかも」と、沙羅華がつぶやく。

彼はくやしそうに、唇をかんでいた。

「自動運転車にしても、ヘリポート内の数台が同時に異常をきたすようなプログラミングが、どうしてできたのかも謎《なぞ》です」

「三次元地図やカーナビ情報など、更新《アップデート》作業のプログラムに、あらかじめウイルスを紛れ込ませておいたんじゃないですか？　インターネット《I》・オブ《o》・シングス《T》の悪用ですよ」

沙羅華の言葉に、宇都井刑事は首をかしげていた。

「それはあり得ないでしょう。それだと、更新プログラムが配信される世界中の自動運転車を、一斉に暴走させてしまいかねないじゃないですか。事件を起こしたのはヘリポートに駐車していた車のみで、極めて局所的です」

「だから、ウイルスを広範囲にばらまいた上で、あのヘリポートにおける、あのタイミングに限定したんでしょう。ラモンのスマホから半径数十メートルにいる駐車中の自動運転車を指定するとか、あるいはカーナビにヘリポートの場所が入力されて現地到着している車を指定しておけば、それは可能です。そしてラモンが駐機場に足をふみ入れた瞬間に起動するよう、仕組んでおけば……。しかもプログラムは、記録も含めて事後に完全消去するようにも設定されていたんでしょう」

「何の痕跡《こんせき》も残さず、ですか？」と、宇都井刑事が聞いた。

「手がかりを残していたとしても、犯人にまでたどり着けるかどうか。そもそも〝モリヤT〟にしても、何らかのメッセージを込めて記したことは考えられます。今回のことも、犯人にとってはデモンストレーションぐらいの意味でしかなかったのかもしれません。いつでもラモンの命を狙えることを私たちに誇示し、本番はこれからと言いたげに思えてならない」

「いや、そんなことができるわけがない」と、彼が言う。「ラモン氏一人の殺人計画にしてはあまりに大仕掛けですし、そうだとすると、大変なことですよ。仮に世界中の自動運転車を一斉に暴走させることができるのなら、ラモン氏一人どころか、世界を破滅させることもできてしまうかもしれない。だからこそ、自動運転車のシステムなどは絶対にハッキングされないような配慮がセキュリティ面でなされているはずです。失礼ながら穂瑞先生の推理は、とても現実的とは思えません」

「しかしそれが、犯人には可能だったとすれば？」彼女が小声でつぶやいた。「何らかのハッキング・ソフトを開発した可能性などは、否定できない」

「だとしても、そんな高度なハッキングなんて、並の人間にできる芸当じゃないでしょう」

「しかし、ラモンが警戒している天才集団、ディオニソスの連中なら」と、彼女が言う。

宇都井刑事は、低いうなり声をあげていた。

「その組織のことは、私もラモン氏からお聞きしています。ただし、現時点では活動実態も不明な秘密結社のようですし、何とも言いようがない。それに、もし彼らにそうした方法が可能だとすれば、実行するのはラモン氏一人の抹殺ではなく、やはり世界の混乱回避を交換条件とした大がかりな脅迫の方ではないでしょうか？」

沙羅華は微笑みながらうつむいていた。

「ディオニソスじゃないので、私には分かりません」

何かをひらめいたように、宇都井刑事が顔を上げる。

「今お聞きした方法ですが、それは同じ天才であるあなたにも可能なんでしょうか？」

そのとき僕は、半月ほど前に森矢教授から聞いた素数の暗号のことを思い出していた。

彼の言う通りだとすれば、沙羅華が推理したようなやり方は天才集団であるディオニソスにも、また彼女にも不可能なことではないのではないかという気がしてきたのだ。

しかし彼女はしばらく考えた後、首を横にふった。

「いや、やはりそんなこと、できるはずがありませんよね。馬鹿なことを言ってすみませんでした……」

宇都井刑事は、ポケットから折りたたんだコピー用紙を取り出した。

「方法はともかくとして、実はラモン氏も、事件にはディオニソスがかかわっていると疑っておられます。この際ですから、あなたがご存じの情報があれば、我々にも教えてもらえませんでしょうか？」

前にラモンに聞かれたようなことを、沙羅華は警察からも質問されていた。

「私もよく知りません」

彼女も同じような返事を、宇都井刑事にしていた。

彼が、手にしていた紙を広げる。

何らかの名簿らしいことは、僕にも分かった。

「ラモン氏のグループから提出を受けたものですが、彼らが把握している、ディオニソスのメンバーとおぼしき者たちのリストです。と言ってもほぼ全員、現在の所在はおろか生死さえも不明ですが……。穂瑞先生が所属しておられるアポロン・クラブをドロップアウトした連中も含まれているそうですね」

「この中に犯人がいると？」

僕はそうつぶやきながら、沙羅華に渡された名簿をのぞき込んだ。

その十数名の中には、アリア・ドーネン、ティナ・ヘインズ、王兵牌《ワンヘパイ》など、今まで沙羅華と取り組んできた事件で出会った天才たちも含まれていた。みんな僕と同い年ぐらいか、僕よりも若かったと思う。

ここで「知らない」と言い張る理由もないので、沙羅華も僕も彼らについて知っていることは、なるべく正直に話した。

宇都井刑事は、メモを取りながら僕たちの話を聞いている。

そのうち沙羅華が、「疲れたので、そろそろ休ませてくれませんか？」と言った。

彼は大きくうなずき、手帳をポケットにしまう。

「また何か思い出したら、いつでもご連絡ください。では、お大事に」

そう言って、彼は病室を出ていった。

「あいつらじゃないよな」僕は彼女の様子をうかがいながら話しかけた。「ラモンを憎んではいるんだろうが、みんないい奴だったし……」

黙ったままの彼女に、僕は続けた。

「けど、このままだと連中、容疑者扱いされてしまうぜ。お前だって大変な目にあったんだし、むしろここからがお前の出番なんじゃないのか？」

「私に真犯人を探せと？」

目を閉じたまま、彼女がポツリとつぶやく。

「やはり、兄さんかもしれないと思っているのか？」

彼女は横を向いた。

「ゼウレトやラモンを非難し続けてディオニソスを創設した兄さんは、刺客に狙われたことも実際にあったらしい。それで死を偽装し、ラモンたちを欺いたのかもしれない。そのおかげで今回のような事件が起きても、容疑者としてあがってはこない」

沙羅華が急に、声をあげて笑い出した。

「どうしたんだ？」

「実は、車とぶつかって意識を失う少し前のことなんだが……、フェンスの向こうに、人がいただろう？」

「ああ。堤防の上のあたりだろ？」

「その中に、兄さんによく似た人を見かけた気がしたんだ」

思いがけない話だったので、僕は一瞬、どう答えてよいか分からなかった。

「まさか……。釣り人を見間違えたんじゃないのか？　そもそもあのとき、そんな余裕はなかっただろう」

「そうかもしれない。兄を見たというのは、意識を失う寸前に見た幻だったのかも」

彼女はその幻影を思い出そうとしているようにも見えた。

「そもそも兄さんを殺人者にしたくないというのが、君が依頼を受けた動機だったよな」

僕は彼女を見つめた。「だとすれば、そうすべきでは？　死を偽装していることだって、いつかはばれるかもしれないわけだし。でも、今ならまだ……」

「ところが、私もこの有り様だ。身動きが取れない」と、彼女は言う。「それに私は、兄さんじゃないかもしれない、とも思い始めている。ディオニソスの誰かが犯人だとしてもね」

「と言うと？」

「今の私が証拠さ。私が死んでいたかもしれないようなことを、兄さんがするだろうかという気がしないでもないんだ。それとも兄さんは、自分の目的を果たすためなら、私がどうなってもいいということなんだろうか」

彼女は窓の外を見つめ、「一体何を考えているんだ、兄さんは……」と、つぶやいていた。

8

二月二十七日、沙羅華が持ってきてほしいと言うので、僕はホテルに置いてあった彼女のノートパソコンなどを病室に届けた。一応、主治医と彼女のお母さんの許可ももらってある。ただ寝ているだけの入院生活に、じっと耐えていられるような女ではないことは、お母さんもよく承知していた。

彼女については、退院後もいろいろ問題だった。何より今回のことで志望校の不合格が確実になったというのは、彼女にとっても痛手だったに違いない。

「さて」彼女は骨折した左腕をかばうようにして、パソコンに向かっている。「こうなったら奥の手だ。入試データにハッキングして、合格させてもらうとするか……」

「そんな卑怯《ひきょう》な」

僕は思わず、口走ってしまった。

「卑怯も何も、そういう些細《ささい》なことにこだわっていたら、一年を棒にふってしまうじゃないか。今なら間に合う」

「これが些細なことか？　入試データにハッキングするんだぞ……」

そんな本音とも冗談ともつかない会話を、二人でしていたときだった。

彼女のお母さんと一緒に、父親である森矢教授がキャリーバッグを転がしながら病室に現れた。アメリカから、さっき着いたところだという。

「沙羅華、大丈夫か？」

心配そうに、教授が彼女の顔をのぞき込む。

彼女は時折笑顔を浮かべたりしながら、教授にそのときの状況や自分の怪我について解説していた。

「心配いらないから、もうアメリカに戻ってくれてもいいよ」

沙羅華がそう言うと、教授が大きなため息をもらした。

「もうこんな危ないことなんかやめて、学業と研究に集中したらどうなんだ」

教授の話を聞いていると、どうやら沙羅華の受験失敗によって、彼女の留学問題が再浮上しそうな気配だった。

「父さんの言う通りかも」沙羅華は、いつになく素直に答えている。「今回ばかりは、骨身にしみた……」

実は僕も、彼女をこんな目にあわせるぐらいなら、今後のことは森矢教授の指示に従った方がいいのではないかと思っていた。ただしそれは僕にとって、相当辛いことになるかもしれないのだが……。

教授は、二、三日は滞在するつもりらしく、「また様子を見にくる。この機会に話しておきたいこともあるしな」と沙羅華に告げる。

それをあまり聞きたくなさそうなのは、彼女の表情からも読み取ることができた。しかし今の彼女に、逃げ場はないのである。

「今のうちに、しっかり休んでおきなさい」

森矢教授はそう言うと、また彼女のお母さんと一緒に病室を出ていった。

二人がいなくなったのを確認した沙羅華は、再びノートパソコンを起動させた。

「お前、本気で裏口入学する気じゃないだろうな?」

僕の顔を見て、彼女が馬鹿にしたように笑う。

「まさか……。以前、私がブラッシュアップした警視庁の犯罪捜査システムを、少しお借りしようとしているだけだ」

「コムスタットのことか？」

沙羅華はキーボードをたたきながら、軽くうなずいていた。

「やはり兄さんのことが気になってね。具体的には、兄さんの昔の写真を手がかりに、最近、似た人物が都内に出没していないかどうかというあたりから調べてみようと思っている。コムスタットなら、防犯カメラなどの膨大なデータともリンクしているからね」

そのために彼女は今、警視庁ご自慢のシステムを内緒で拝借しようとしているところらしい。彼女だからこそできる芸当ではないかと思って、僕はながめていた。

「それで、もし兄さんが見つかったらどうする？　馬鹿なことはやめろと忠告するのか？　それとも……」

兄さんと行動を共にする気じゃないかとも、僕は内心思っていた。

「さあ」彼女は微笑みながら首をかしげる。「ただ兄さんは、私にとって反物質みたいなものだ。前にも言わなかったか？」

「ああ、聞いた気がする」

「自分という存在を確かめる上では極めて重要なんだが、接触すると、莫大《ばくだい》なエネルギーとともに対消滅《ついしょうめつ》してしまうかもしれない……。まあそのときになってみないと、私にも分からないな」

沙羅華はしばらく一人で作業を続けていたが、コムスタットでは何の手がかりも得られないようだった。次に彼女は、ヘリポート周辺における事件当時の防犯カメラの映像をいくつかダウンロードし、丹念に調べ始めた。

それからしばらくして、「これは……」と声をあげたのだ。

僕もディスプレイをのぞき込んでみる。

そこには、何らかの異変に気づいて堤防からヘリポートを見ている人々の様子が映っていた。

沙羅華が拡大すると、その中に帽子とマフラーで顔を隠し、さらに顔認証システム防止機能付きらしいサングラスをかけた肩幅の広い男がいるのが辛うじて確認できた。

沙羅華はその男の映像の胸のあたりを、指で触れた。

「やはり、兄さんは来ている」

しかし僕には、その男が沙羅華の兄さんかどうか、とても判断できそうになかった。けれども彼女の言う通りティベルノがこのあたりに潜伏しているのだとすれば、ラモンの殺害予告も、ひどく現実味を帯びてきたような気がした。

「けどここまでガードしていては、コムスタットでもヒットしないだろう……」と、沙羅華がつぶやく。

そのためか彼女は追跡をあきらめたらしく、パソコンを終了させた後は上半分を起こしたままのベッドにもたれかかり、ずっともの思いにふけっていた。

彼女の面会謝絶は続けていたのだが、佐倉が奥さんの蛍さんと子供を連れて見舞いに来てくれたので、病室へ案内する。

蛍さんは彼女の様子を見るなり、「穂瑞さん……」と叫んでわんわん泣き出した。

みんなで蛍さんをなだめていると、今度は子供まで泣き出して、とても収拾がつかなくなる。

結局、佐倉は「じゃあお大事に」と言って、蛍さんと子供と一緒に病室を離れていった。

沙羅華の看病は彼女のご両親におまかせして、僕は病院の廊下やロビーでスタンバイしていることが多くなっていた。その間に、サイエンタ出版の丸山さんに頼まれていた原稿の続きを、ぼちぼち進めていくことにする。二〇二八年、六月の下旬からなのだが……。

宇宙について考察していた沙羅華は、何と、宇宙創生を可能とするかもしれない独自の理論を編み出してしまう。試しにそれを、コンピュータでシミュレーションしてみるというのだ。しかも、そのために〝グリッド・コンピューティング〟という手法に彼女独特のテクニックを加味し、世界中のパーソナル・コンピュータの余剰能力をかき集めて宇宙開《かい》闢《びゃく》のシミュレーションを決行する……。

一方、ディベートの作戦会議などで沙羅華と話すうちに、彼女の内側でくすぶり続けているものが、僕にも少しずつ見えてくる。たとえば、かつてのいじめ体験や周囲の特別扱いなどを見聞きしているうちに、彼女の並外れた能力や人間的なバランス感覚についての彼女自身の葛藤《かっとう》などに、僕も気づかないわけではなかった。

日記を整理しながら、僕は改めて、天才という運命を背負わされた彼女の孤独と苦悩を感じてしまうのだった。

9

そして三月一日の朝、厳重な警備のなか、日本側のSS計画の竣工式が予定通り開催された。ただしラモン会長は、諸事情により欠席となっている。

やがて人工衛星〝アルテミス二号〟が集めた太陽エネルギーが、地上施設において電気エネルギーに変換されたことが確認された瞬間、式典の会場内から大きな拍手が起きた。得られた電力は、実験協力を表明している一般世帯などへも供給されていく。

実証実験の成功は、マスコミも『太陽神降臨』などの見出しで大きく報じていた。

式典の無事終了を見届けた僕は、午後から病院へ行くことにする。

今日は、沙羅華の高校の卒業式でもあった。出席できなかった彼女が落ち込んでいたら、少しでもなぐさめてやろうと思いながら病室へ入る。

けれども彼女は相変わらずの無表情で、パソコンとにらめっこしていた。お母さんもお父さんも、今日はいないようだ。

「卒業式、残念だったな」

僕がそう言うと、彼女は口をとがらせた。

「普通の女の子になりたくて高校生に戻ったのに、卒業式にも出られないとはね……。でも、出席した気分にはなれた。先生方が体育館にカメラを置いて、欠席者や父兄のためにインターネット中継してくれたんだ」

「ネットで卒業式なんて、お前らしいな。ある意味、思い出に残る卒業式になったじゃないか」

「ああ、そうかもしれない」彼女が軽くうなずいている。「いい卒業式だった。BGMには、私の大好きな『カノン』がかかっていたしね」

僕は何気なく、「有名な曲なのか?」と聞き返した。

「パッヘルベルの『カノン』。いくら君でも、この曲ぐらいは知っているだろう。卒業式だけでなく、結婚式にもよく使われる定番曲じゃないか。ヨハン・パッヘルベルは、十七世紀後半に活躍した作曲家だ」

「つまり作られたのは、もう三百年以上も前ということ?」

「彼は〝音楽の父〟と言われたバッハの、兄を教えていた。だから間接的にせよ、バッハにも大きな影響を与えたのではないかと考えられている。にもかかわらず、肖像画すら残っていない人物なんだが、曲だけは残っている」

〝カノン〟は作曲技法の一つで、〝輪唱〟の意味と考えていいと彼女は教えてくれた。複数のパートが同じ旋律を、時間的に少しずらして演奏したり歌ったりするのだという。

「輪唱というと、すぐに浮かんでくるのは『カエルの合唱』だな」僕はちょっと歌ってみた。「あの歌の親戚《しんせき》みたいなものか？」

「せっかくの名曲が、君に語らせると身もふたもないな」彼女はがっくりと肩を落としていた。「パッヘルベルの『カノン』は、論理的かつ明解に組み立てられていて、楽譜そのものも、数学的で実に美しい。前にも話したかもしれないが、実は数学的で美しい曲をめぐって兄さんと論争したことがある。彼がラヴェルの一連の作品──『ボレロ』や『亡き王女のためのパヴァーヌ』をあげたのに対して、私が少しもゆずらなかったのが、この曲だったんだ」

彼女はノートパソコンで、パッヘルベルの『カノン』を再生してくれた。

確かに、よく耳にするし、聞き飽きない曲だと僕は思った。

「この曲の場合、大きく三つのパートを二小節ずらして組み合わせている」と、彼女が解説してくれる。「するとそれが、まるでパズルのようにピタリとはまるんだ。お互い邪魔をせず、むしろ引き立て合う。私にとって、原点にして頂点のような曲だと思っている」

彼女は卒業式の様子を思い出しているかのように、目を閉じながらしばらく『カノン』を聴いていた。

「卒業証書や記念品は、両親が受け取ってくれることになっている」

「と言うと？」

僕は彼女に聞き返した。

「二人とも、今は自宅に帰っているんだ。しかし卒業証書をもらっても、名義は〝森矢沙羅華〟の方だしね。穂瑞沙羅華としての卒業は、どうなっているのやら……」

彼女は背伸びをするように、片手をのばした。

「とにかく卒業は卒業だし、今日から私は〝無所属〟だ。何者でもなくなった。これから、どうすればいいんだろうね？」

「大学は、また受ければいいんじゃないのか？」と、僕は言った。「どこを受けるかはともかくとして」

「それはそうなんだが……」

今の沙羅華にとって問題なのは、浪人して再び国内の大学を目指すか、それとも思い切って留学するかだということは、僕にも分かっていた。彼女の将来のことを思うと留学を勧めるべきなんだろうが、その点では僕もまだ言い出しかねていたのである。

「〝むげん〟の主任研究員に就任する話もかかわってくるしなあ……」

彼女は眉間に皺を寄せている。

「けどそっちは、記念講演の日程まで決まっていたんじゃなかったのか？」

「しかし大学受験に失敗したのに主任研究員には就任するというのも、考えものだと私は思っている。だからと言って、日本を出ていく気にも今はなれない。さらに言えば……、いや……」

彼女は一度、首をふって続けた。

「私は一体、どうなりたいのか？　このモヤモヤした気持ちを、どこにぶつけてよいかも分からない」

僕にぶつけるのだけは勘弁してほしいと思いながらも、僕はあえて彼女に聞いた。

「どうして外に出て行こうと思わないんだ？」

「父さんの言うように、学業と研究に専念すべきだと思う。でも……」沙羅華はしばらく思案した後、つぶやくように答えた。「どこへ行こうと、どうせ解けないのではという思いがあるのも確かなんだ」

「どうせ解けないというのは、最終理論のことか？」

彼女は黙ったまま、うなずいている。

僕は思い切って、彼女に直接確認してみることにした。

「しかし森矢教授は、君が最終理論——神のパズルを解いたんじゃないのかと……」

彼女は、今度はゆっくりと首をふった。

「TOEを見いだしたというのは、父さんの買いかぶりだ。私はまだ、そこまで理解していない。父さんがそんなふうに言ったのだとすれば、君に私を説得させるための、策略だったのかもしれないな」

「策略？」

「ああ。実験環境だけを考えれば、現時点でアメリカの方が勝っているのは明白なんだし、今の物理学は実験してみないと確かなことが言えないのも事実だ」

「だから教授は、留学を勧めたと？」

「確かに私だって、TOEについて何もアイデアがないわけじゃない。でもうかつに発表しても、『それはおかしい』と言われるだけだろう。自分でももう少し考えたいし、実験もしてみたいので、保留にしているんだ。私がTOEを理解したように父さんには見えたのだとしたら、それはTOEそのものではなく、その先のことを考えていたからかもしれない」

「その先のこと？」と、僕は聞き返した。

「ああ。TOEに到達したとしても、『自分が人生をかけて追い求めてきたのは、こんなものだったのか』と感じるかもしれない。その先のことを考えると、何だか虚《むな》しい気分になってくるんだ……」

何だか、森矢教授から聞いた話と微妙に違う気がしないでもない。

「どういうことだ？」と、僕は聞いた。

「その前にまず、『TOEなど何でもいい』という思いにとらわれていることも、話しておかないといけない。何故なら、部分的には可能だとしても、完全には実証できないからだ。たとえばTOEが、パラレルワールドの存在を予言していたとする。証明できると思うか？」

僕は黙ったまま、首をふった。

「完全証明のために必要なエネルギーは膨大過ぎて、〝むげん〟だけでなく、アメリカのアスタートロンでも無理だろう。人間には、それを確かめる術《すべ》がない。多宇宙がどうの反宇宙がどうのと言ってみたところで、検証できないために正しいかどうかは誰にも分からないんだ」

そのことは、前にも彼女から聞いた記憶があった。今整理している日記のなかにも、そういう一節があったと思う。

彼女はパソコンに目をやりながら、話を続けた。

「ネットで自慢げに『これぞ最終理論』と自説をのたまう連中はごまんといるわけで、私が何かを発表しても、その一人に加わるだけのことだ。証明できないんだから、勝負にもならない。それにもし、届いていたとしても……。TOEは、最終的に時間も空間も出てこない、単位系のない方程式だと私が言ったのを覚えているか？」

少し考えて、僕はうなずいた。佐倉と一緒に彼女の研究室――SHIを訪れたときに聞いた覚えがある。

「そんなものを見いだして、それからどうなると思う？」と、彼女は言った。「ただの理論でしかない。それで一体、何が変わるんだ？」

どうも彼女は、自分が囚《とら》われ続けてきた真理の探究に対して、何か虚脱感のようなものをいだいているように僕には思えた。

「TOEはおそらく、私が研究を始めたころに期待していたようなものじゃない」再びゅっくりと首をふりながら、彼女がつぶやく。「求め続けてきた美しいものではあるだろうけれども、所詮《しょせん》それは、ただの方程式だ。TOEさえ分かれば何とかなると思ってやってきたが、それが明らかにすることというのは、時空間のみならず、そこで生きるすべてのものも情報にすぎないということではないのか？　そうした情報に、果たして意味などあるのかどうか……。

方程式の通りに生まれて死んでいくことを知ったとして、それで一体、何が得られるんだ？　そもそも真理という課題は、人類に託されたわけではなかったのかもしれない。少なくとも、私には無理だったようだ」

「じゃあ、これからどうするんだよ」

「だから悩んでるんじゃないか。何も変わらず、満たされないまま、次にどうしていいか自分でも分からないんだ」

彼女は片手でベッドをたたいた。

「TOEに失望なんかしていないで、その先を目指していけばいいじゃないか」

僕がそう言うと、沙羅華が即座に答えた。

「その先に何があるのかも分からないのに？」

そうだった。それこそ沙羅華が、今、最も思い悩んでいることらしいのだ。

「TOEの探究は、宇宙とともに自分のことを理解するための旅だと思っていた。けれどもそれを解いても、謎はすべて解けるわけじゃないと気づいた。少なくとも、〝究極の疑問〟ともいわれる『自分とは何か』は、それでも解けない。最終理論の先にも、謎のまま残されるんだ。そんなものの答えをいくら追いかけても、報われないんじゃないかという気がしてくる」

沙羅華が最近、もの思いにふけっていた本当の理由は、進学のことより、むしろこのことだったのではないかと僕は思った。

彼女は急に吹き出した。

「私の〝沙羅華〟という名前は、何だかお釈迦《しゃか》様に由来があるらしいが、ちっとも悟れない……。こうなったらもう、自分のやりたいことだけをやって生きてやる」

「今までだって、そうだったくせに……」僕は彼女の最後の一言に、少し引っかかるものを感じていた。「でも多分、そうじゃないのかもしれない」

「どういうことだ？」と、彼女が聞き返す。

「うまく言えないが、自分のやりたいように生きていても、君の問題は解決しないんじゃないかということだ」

彼女が首をふる。

「余計、分からない」

僕はどう答えてやればいいか整理がつかないまま、彼女と〝神のパズル〟における〝最後のピース〟について話していたことを思い出していた。

「君にとっての最後のピースというのは、やはりＴＯＥの先にあるのかもしれないな。まず、方程式だけが答えじゃなさそうだと気づいただけでもよかったんじゃないのか？　本当の君の課題は、知性による真理到達とは、また別な何かのような気がする。大体、感情の起伏を電磁気学で説明しても仕方ないだろう。そもそも自分の問題を解くのに、宇宙の果てまで理解する必要があったのか？」

「仕方ないだろう。自分のまわりに答えが見つからなかったんだから」

　そう言って、彼女は横を向いた。

「これは前にも考えたことがあるんだが、『何故生きているか』と『どう生きるか』は違うだろう。で、TOEは『何故』の方で、どう生きるかとはまた別なんじゃないのか？」

「どっちも私には分からない」

「そうじゃなくて、理論は理論でしかない。それだけを追い求めていれば、虚脱感があるのはむしろ当然のことだ。分かるかどうかじゃなくて、行動するかどうか……。それによって、生きていることを感じるかどうかじゃないのか？　君の好きな『カノン』に例えると、君は楽譜をながめて音が聴こえないと言っているようなものだ」

「どうしろと？」と、彼女は聞いた。

「第一、真理の探究と言っても、それは自分の欲でしかなかったんじゃないのか？　自分のことに囚われると、お前はまるでまわりが見えなくなるしな。けど自分の意味なんて、自分を特別扱いにして他人を分けると、かえって分からなくなるんじゃないのか？　そうやって自分に凝り固まっていたら、答えなんて見つかるわけがない。自分はみんなに生かされているんだから」

「だから、どうしろと?」

いら立たしげに、彼女が聞き返す。

「そんなに難しいことじゃない」と、僕は答えた。「その、自分じゃなく、誰かのために何かをするとか?」

「それが分からない。どうして自分のためでなく、人のために?」

何でも理屈で考えようとする彼女には、確かに難問なのかもしれないと僕は思った。

「たとえば、君が私にしてくれているようにか?」と、彼女はたずねた。「私が君に何かをしてあげれば、何かが私にも分かると?」

「多分、僕でなくてもいいんだと思う」

「君に対してなら、分からないでもない。こうして世話になっているしね。でも他の人に対してというのは、やはり分からないな」

「僕だって、何も分かっちゃいない。お互い、少しずつ分かっていけばいいんじゃないのかな。ただ、お前の考えていることには、〝自分〟と〝宇宙〟の間に何もないような気がしないでもない。でも僕たちはそこに生きているわけだし、そこに飛び込まないことには、パズルの最後の一ピースとやらも、見つからないような気はする」

彼女は僕とは目を合わさないようにしながら、小声で答えた。

「けど私みたいな人間がかかわると、かえってみんなを不幸にしてしまうのでは? 君のことだって、今のままなら、私はきっと……。ずっと思っていたことだが、君がもし、平凡で幸せな人生を夢見ているのなら、私とは必要以上にかかわらない方がいいかもしれない」

僕は彼女の顔をのぞき込み、「本心なのか？」と、たずねた。

けれども彼女は、「ごめん、ちょっと疲れた」と言い、毛布で顔を隠す。「頼むから、しばらく一人にしてくれ……」

病室を出た僕は、いろいろ言い過ぎたのかもしれないと、少し後悔していた。ただ彼女が最後に言ったように、このままだと僕たち二人は、お互いの可能性をつぶし合うだけになり兼ねないと思いながら、ホテルに戻った。

翌日、病室に顔を出すと、沙羅華はいきなり僕に言った。

「やっぱり私、浪人することにした」

「本当か？」

「ああ。留学はしない。ただし主任研究員の話は、延期にしてもらうしかないだろう」

四月に予定していた記念講演も、鳩村先生に代わりをお願いするつもりだという。

「私はこれでいい。父さんには、落ち着いてから話そうと思ってる」

そう語る彼女は、少しすっきりした表情のようにも見えた。

本当にそれでいいのかどうか、僕には疑問だったが、彼女が決めたことだと思って口にはしなかった。

早速、予備校の資料などをネットでチェックしようとしていた彼女は、やはり怪我が影響しているらしく「指がうまく動かせないな……」と、グチっている。

その日の昼過ぎに、沙羅華のご両親が自宅から必要なものを持って戻ってきた。しかし森矢教授は彼女の説得をあきらめたのか、そのままアメリカへ出発するという。

彼が病室を出ていってから、僕は彼女にたずねた。

「ひょっとして浪人を決心したというのは、森矢教授をアメリカへ返すために？」

彼女は黙ったまま、小刻みにうなずいている。

やはり本当は、彼女もいまだに決めかねているのだなと僕は思った。

そして二日後の三月四日、芥田さんと佐倉が、二人そろって深刻な表情で病室を訪れた。

SS計画の要《かなめ》となる人工衛星が、突如、制御不能に陥ったというのだ。

啓蟄……（けいちつ）

1

芥田さんの話では、受電施設のレクテナを狙《ねら》って照射されていたマイクロ波の位置が、昨日から太平洋側に向けて微妙にずれ出したらしい。想定される誤差の範囲を超えていたので、開発部長の理央さんが指揮をとり、誘導信号や人工衛星のシステムなどをチェックし直しているところだという。

僕は芥田さんと佐倉に言った。

「けど、穂瑞先生がチェックしたときには、何も問題はなかったんですよね？」

「ええ、まあ……」と、芥田さんが答える。「もっとも時間の関係で、すべてをチェックしていただけたわけではありません。ヘリポートであんなことがあったばかりなので、事故と事件の両面で原因を探っているところです」

「でも、復旧の見込みは立っていない」と、佐倉が言う。「ラモン会長も事態を深刻に受け止めていて、帰国は延期したそうだ。また関係各所に報告しないわけにはいかないので、『調整の遅れ』として今日中にも発表することにしているが、いつまでもそれでごまかすわけにもいかないだろう。社会問題化すれば、開発中止にもなりかねない」

「もう、お分かりいただけたと思います」芥田さんは佐倉と一緒に、沙羅華に向かって頭を下げた。「どうか今一度、システムの修復にご協力いただけませんでしょうか」

彼女は上半分を起こしたベッドにもたれかかったまま、じっとしている。

「今回は会長のみならず、俺たちアルテミSSの社員からもお願いする」佐倉がベッドの端に手をかけた。「サテライト《S》・サン《S》計画にはアルテミSSだけでなく、親会社のゼウレトやいくつもの関係会社の社運がかかっている。またどんなトラブルに見舞われようと、ここで終わりにしてはいけない技術なんだ」

彼女は、黙ったまま佐倉の話を聞いていた。

「お怪《け》我《が》をさせてしまったことは、誠に申し訳なく思っております」芥田さんが再び、彼女におじぎをする。「ご無理をお願いできないのも存じております。しかしできる範囲でかまいませんから、どうか私どもを救っていただきたい」

二人から目をそらすと、沙羅華はゆっくりと首をふった。

「いくら頭を下げられても、私はこのざまだ。安静にしているよう主治医にも言われているし、申し訳ないが依頼は受けられない」

芥田さんも佐倉も、僕が見ても分かるほど気落ちしていた。

「しかし、コンバート・シフトとやらがあったんじゃないですか？」僕は二人にたずねた。

「アメリカ用の衛星が使えるんじゃ……」

芥田さんがうなずいている。

「確かに、アルテミス一号のスタンバイは始めています。それでも二号の方をこのままにしておけないことに変わりありません」

その後も二人は説得を続けていたが、彼女が首を縦にふるような気配は感じられない。

「悪いが、今の時点で事件性は確認できていないし」と、彼女は言う。

「やはりラモンを助けるというのが、引っかかるのか？」僕は苦笑しながらつぶやいた。

「けれども、社員たちはどうなる？ 関係企業もろとも、倒産するかもしれない」

「私は私でやらなければいけないことが、たくさんあるんだ」

そう大声で言うと、彼女はノートパソコンを起動させた。

彼女の気持ちが変わらないようなので、佐倉を連絡係として病院に残し、芥田さんは現場へ戻っていった。

僕も、日記の整理の続きをやっておくことにした。二〇二八年の、九月からだった……。

午後になって、佐倉がまた病室に顔を出した。衛星からのマイクロ波に、動きがあったという。

「それが、何故《なぜ》か太平洋上で、無限大《∞》のマークを描き出したんだ」

「無限大？」と、僕は聞き返した。

彼はタブレットを操作し、芥田さんから送ってもらった映像を僕たちに見せた。

経線と緯線のなかに描かれた日本地図の、関東方面を彼が拡大する。そこには彼の言う通り、それぞれの円の直径が約二キロメートル、全長が五キロメートルほどもある無限大のマークが、マイクロ波によって描かれていた。衛星は一筆書きの要領で、約三十秒周期で同じマークを描き続けているらしい。

「どういうことだ？」

僕がたずねると、佐倉は首をふった。

「事故でこんな軌跡を描くとは、まず考えられない。芥田さんたちも、故障ではなく、制御システムにハッキングされているらしいと判断したようだ」

それでアルテミSS日本支社内に対策本部を設置し、変電所にある制御室でも、直ちにマイクロ波の照射をシャットダウンする作業を始めたという。

ところがそれを実行に移そうとしたところ、変電所の一部のブレーカーが落ちて、変電所での制御が一時不能に陥ったというのだ。

「バックアップに切り替えたそうだが、危なくてシャットダウンもできないと、芥田さんは言っていた」

「犯人はやはり、脅迫メールを送りつけてきた人物なのか？」と、僕は聞いた。

「そこまでは、まだ分からない。他のハッカーによる実証実験妨害の可能性もある」

「いずれにしても、マイクロ波の照射先をコントロールできないというのは困ったことだな」沙羅華が窓の外を見上げて言った。「犯人の気分次第で、極地の氷を溶かすこともできてしまうかもしれない」

「それじゃあ、地球温暖化抑制のために考えられたシステムが、むしろ温暖化の影響を加速してしまうということか？」

そうつぶやいた僕を、佐倉は苦々しい表情で見つめていた。

そのとき佐倉に、芥田さんから電話が入る。

「えっ、衛星のマイクロ波が、沿岸に向かっている？」

佐倉はスマートフォンをスピーカー・モードに切り替えるとともに、タブレットにライブ・データを送ってもらっていた。

すでにアルテミSSでは、沿岸部に注意を呼びかけるよう手配したという。それは同時に、人工衛星が彼らにも制御不能であることが公《おおやけ》になることを意味していた。彼らが危惧《きぐ》している関連企業を含めた株価下落や倒産の危機も、それで現実化してしまったようである。

僕たちは、タブレットのライブ・データを注視した。徐々に北上を続けていたマイクロ波の照射エリアは、沿岸にある変電所へ向かっているように見えた。

やがてその中心は、変電所の駐車場付近で静止した。

〈大変だ〉スマホのスピーカーから、芥田さんの大きな声が響いた。〈何台かの車が、暴走を始めた。変電所にぶつかってきている〉

早速彼は、窓から撮影した映像を佐倉のスマホに送ってきた。ヘリポートのときと同じように、完全自動運転が可能な自動運転車が暴走を始めたようだった。

「みんな大丈夫ですか？」と、佐倉がたずねる。

〈ああ、暴走は短時間で収まったようだ〉

ライブ・データの方を見ると、マイクロ波のエリアは沖に向かって南下していた。

〈車は破損したが、幸い、今のところ怪我人はいないようだ。警察にも所員が連絡した〉

海上移動を続けていたマイクロ波は、再び無限大のマークを描き始めていた。

「大変なことになってきた……」と、佐倉がつぶやく。

僕は沙羅華にたずねた。

「マイクロ波と暴走の因果関係は？」

「あるだろう」彼女が小刻みにうなずく。「シャットダウンしようとした報復じゃないか？」

〈でも、どうやったの？〉

スマホのスピーカーから、理央さんの声が聞こえた。彼女も芥田さんとともに、変電所の制御室にいるようだった。

上半分を起こしたベッドにもたれかかりながら、沙羅華が話し始める。

「やはり、データの自動更新を装って、あらかじめ自動運転車にウイルスを忍び込ませておいたんだと思う」

僕は首をかしげた。

「でもそれだと、世界中の自動運転車を一斉に暴走させることもできてしまうと、宇都井刑事が言ってたんじゃないのか？　影響が大き過ぎるし、あり得ない計画だと」

「だから暴走する車に、制限を与えたんだ。ただ前回の事故とは、制限の与え方が異なっているようだが」

「と言うと？」

「ヘリポートでは、起動装置《トリガー》にカーナビのデータを使ったと考えられる。しかし今回は、SS計画を利用してさらに条件を付加し、トリガーには衛星からのマイクロ波を使ったんじゃないだろうか」

「つまり、こういうことか？」と、佐倉がつぶやく。「自動運転車にウイルスを仕掛けた上で、暴走のトリガーとなるマイクロ波を照射した」

「そんなことが可能なのか？」

僕は沙羅華に詰め寄った。

「考えられるのは、ETC――電子料金収受システムだ」

「ETC？」

「ああ、現場に向かった警察に調べさせればいい。暴走した自動運転車に、ETCの機器も備わっているはずだ。君たちも知っている通り、衛星からのマイクロ波とETCに用いられるマイクロ波の周波数は、近接している。

今回の暴走はおそらく、衛星のマイクロ波をETCの信号に紛れ込ませるようにして送り、それをトリガーに使ったんだろう。ＥＴＣ送受信機がそれを検知するとウイルスが起動し、マイクロ波を受けている間は暴走し続ける」

「だとすると、衛星のマイクロ波を地上に向けて照射すれば……」

「ああ、マイクロ波の照射エリアにおいては、世界中の自動運転車が暴走を起こす危険性はあるかもしれない」

「爆薬よりも質《たち》が悪い」佐倉は拳《こぶし》で壁をたたいていた。「研究者たちの志や努力を踏みにじるような行為じゃないか」

〈犯人は、どうやって衛星を操作してるんでしょうか？〉

芥田さんが沙羅華にたずねる。

「やはり、システムに侵入し、受電施設から送り出している誘導信号に細工をしたと考えるべきでしょうね」

〈システムの修復が困難とすれば、予想される被害を防ぐには？〉

「アンチウイルスソフトを作成して自動運転車に更新プログラム送信しても、キャンセルされるかもしれない。その場合はリコールをかけて、個別にウイルスを除去するしかないかもしれません」

〈メーカーに確認してみますが、それだととても間に合わないでしょう〉

「だったら応急処置として、各オーナーに連絡してタイヤに車止めなどをしてもらい、さらにＥＴＣをオフラインにするか、バッテリーを切るなどして車としては使えなくしてしまうことですね。その後はなるべく車には近づかず、ネットでもこれらの情報を発信するといいでしょう」

「それだけでも大混乱じゃないか」佐倉が大声を出した。「と言うか、車を車として使えなくするなんて、あり得ないだろう。それこそ、犯人の思うつぼだ……」

沙羅華と一緒に見ていたテレビでもさっきの暴走事故は大きく取り扱われていて、変電所前は現場検証のための警察関係者の他、多くのマスコミがかけつけているらしい。またニュースキャスターは、先日、ヘリポートで起きた暴走事故との関連性も指摘していた。

一方、衛星のマイクロ波に、新たな動きはみられない。

この間に変電所の制御室では、マイクロ波をシャットダウンせずに、衛星を正常化する方法を探ることにしていた。しかし書き換えられたシステムは、新たな制御命令をなかなか受け付けてくれないようだった。

〈危なくて、うかつに触れない〉と、芥田さんはこぼしていた。〈トラップが仕掛けられていることも考えられるし、下手《へた》に触れてしまえば、今度は何が起きるか分からない〉

「自爆させられないんですか？」と、僕は聞いてみた。

〈そういう想定が太陽光発電衛星にはないので、できません〉

「じゃあ、誘導信号を出しているパイロット・アンテナを破壊すれば？」

〈それこそマイクロ波がどこに向かうか分からなくなるし、しかも、それを止める手段す

ら失ってしまう。次に犯人から新たな要求が来れば、言う通りにするしかないかもしれませんね……〉

海上に描かれた無限大のマークは、地球上のどこにでもマイクロ波を照射できることを誇示しているかのようにも見えた。

またそれは、〝むげん〟の発案者であり、今回警護アドバイザーを引き受けた沙羅華を挑発しているのではないかとも受け取れる。何故、今ここで無限大のマークなのかと考え出すと、僕にはそうとしか思えないのだ。そのことに気づいているのは、きっと僕だけではないはずだった。

その後、芥田さんが改めて沙羅華の協力を求めてきた。

「今回は弊社ならびに関連企業や保険会社だけでなく、実用化を心待ちにしている一般の方々からも声が寄せられています。もちろん、批判の声も多いのですが……」

芥田さんは、それらの意見が書き込まれたタブレットを沙羅華に見せた。

「無理なお願いなのは承知の上で、何とか助けていただけませんでしょうか」芥田さんは佐倉とともに、深々と頭を下げていた。「社員のなかには、人類の未来を考えて、真剣にこの計画に取り組んできた者も大勢おります。どうか彼らのためにも……」

しかし沙羅華は、ゆっくりと首をふった。

「いや、できない。私の両親だって、きっと反対するだろう。そもそも、セキュリティの専門家が対応して復旧できないのなら、私でも無理じゃないか?」

「そんなこと、やってみないと分からないじゃないか」佐倉が、みんなの声が書き込まれたタブレットを彼女の前につき出した。「これだけの人が頼んでも、駄目なのか？」

「何と言われてもかまわない。でも……」沙羅華は毛布で顔を覆った。「本当は怖いんだ。今度こそ、死ぬかもしれない。いくら頼まれても、自分の命と引き換えにはできない」

彼女が語った理由には、彼らも納得するしかなかったようだ。かかわってしまったばかりに、大怪我をさせてしまったのだから。

「分かりました。とにかく私たちで何とかしてみます」

芥田さんはそう言うと、佐倉とともに病室を出ていった。

2

翌朝、今度は木暮警視と宇都井刑事が沙羅華の病室にやってきた。

「知恵をお借りしたい」と、木暮警視が言う。「アルテミSSさんから事情はお聞きしていますので、可能な範囲で結構です」

彼の話によると、ついに犯人らしき人物から、ラモン宛《あて》にメールが届いたというのだ。宇都井刑事がスマホにメールのコピーを表示させて、沙羅華に見せる。英文だったが、彼女が目を通しながら、翻訳してくれた。

メールの題名は、〈SS計画再竣工《しゅんこう》式、前回欠席者のための招待状〉となっている。

解析したところ、またしても〝モリヤT〟というアカウント名が見つかったものの、やはりそれ以上は追跡できていないという。

文面では、先日の竣工式を欠席したラモン会長を無責任だと非難し、衛星を正常に戻してほしいのなら、受電施設のパイロット・アンテナ下部にある作業ロボットの格納庫に、警察関係者やボディガードを伴わずに来るよう要求していた。交渉者《ネゴシエーター》として若干名の同席は認めるものの、命の保証はしない。再竣工式の前後は監視カメラもすべてオフにし、受電施設周辺には警察、マスコミを問わず、ヘリコプターや船舶なども一切近づけてはならない。応じなければ受電施設を破壊した後、車に依存しきった社会を徹底的に粛正するという。

「つまりマイクロ波を、地上のあらゆる箇所に照射するということか?」と、僕がたずねる。

沙羅華は首をかしげていた。

「あるいは、暴走のトリガーとしている制約を、撤廃してしまうかだな」

また文面では、これらに違反したことが分かれば、その時点で行動を開始するとしていた。式典の開始日時は、三月六日の午前零時となっている。

「つまり、今晩ですか?」

僕が聞くと、木暮警視と宇都井刑事がうなずいていた。

「啓蟄《けいちつ》か……」と、沙羅華がつぶやく。

「何だって？」

　僕は彼女に聞き返した。

「いや、冬ごもりしていた虫たちが地上にはい出て活動を始める、三月五日から六日ごろのことを言うらしい。受験勉強で覚えたことは、前にも言わなかったか？　しかし虫だけでなく、犯人まで出てくるとはな……」

「暴走に関するあなたの推理は、アルテミSSさんでお聞きしました」と、宇都井刑事が言う。「ヘリポートで見せた自動運転車のハッキング技術があれば、車社会の粛正というのもあながち妄言とも言えないでしょう。警察もうかつに手を出せない」

「今の犯人なら、いくらでも厄介なことを起こせますよ。霞《かすみ》が関《せき》であろうがワシントンDCであろうが、マイクロ波を照射する地域の自動運転車を暴走させられるのであればね」

　気味の悪い微笑《ほほえ》み方をしながら、彼女が続けた。「しかし交渉の余地を匂《にお》わせておきながら、交換条件が見えてこない。ラモンを犯人が指定した場所に行かせれば、ネゴシエーターもろとも殺すつもりでは？」

　木暮警視も宇都井刑事も、黙ったまま返事をしない。

　僕は沙羅華に聞いた。

「受電施設は、どうやって破壊するつもりだろう？　周囲から孤立している施設に、自動運転車はないじゃないか」

「やはり、マイクロ波をトリガーに使うつもりでは？　そこで思い当たるのは、先月アメリカで起きたリコボットの暴走事故だ。あれは犯人にとって、ちょっとしたウォーミングアップだったんじゃないか？」

「ウォーミングアップだと？」

「ああ。受電施設に五十台あるリコボットにも二十台あるマルチローダーにも、補助充電用のレクテナが装着されているから、今回はそれで自動運転車と同様のことを起こす可能性はある。ラモンの出資によって作られたロボットを使って、彼が社運をかけた施設を破壊させるのだとすれば、犯人はきっと悪趣味な奴《やつ》なんだろうな……」

そう言うと沙羅華は、窓の外に目をやる。

ひょっとして、兄さんのことを考えていたのではないかと僕は思った。

「犯人の真意は何だと思われますか？」木暮警視が彼女にたずねる。「ラモン氏殺害なのか、それとも社会全体を巻き込むテロなのか」

「さあ……。その両方ということも考えられるでしょう」

「しかし社会を壊せば、ラモン氏どころか犯人自身もダメージを受けるかもしれませんよ」

「人類と心中する気なら、それもあり得るのでは？」と、沙羅華は答えていた。

「それで、アルテミSSさんの判断は？」僕は木暮警視にたずねた。「もっとも衛星がコントロールできない以上、言う通りにするしかないんでしょうけど」

「確かに……。しかしキーパーソンであるラモン氏は、協力をしぶっていたようです」

「そうでしょうね。殺されるかもしれないと分かっていて、のこのこ出ていくわけはないでしょう。そのために竣工式も欠席したんだから。ネゴシエーターだって、体ばかり重点的に鍛えたガードマンたちに務まるかどうか……」

「それで社内でも検討した結果、変電所で待機予定だった開発部の辺見部長がネゴシエーターとして同行するという線で、ラモン氏の了解も得られそうだとうかがっています」

「理央さんが？」

「彼が子飼いにしてきた精鋭的人物だそうで、我々も適任だと受け止めているところです。もっともラモン氏は、ネゴシエーターに穂瑞先生も起用することを望んでいたようですが……」

沙羅華が強引に、話題を変えた。

「衛星からのマイクロ波については？」

「現時点でも安定はしているようです。すでにアルテミSSさんでは、人工衛星が制御できていないことを公表した上で、船舶や航空機に注意をうながしています。今後、陸側に移動を始めれば、警戒レベルを引き上げ、自動運転車が暴走する危険を伝えます」

「ラモンもそれでOKしているんですか？」

「いえ、事業の行く末を案じて反発されているようですが、公表しないわけにはいかないでしょう」

「しかし自動運転車暴走の危険性をアナウンスしても、どこへ逃げていいのかも分からず、誰もが右往左往するだけじゃないですか？」

「ですからパニックにならないよう、あなたが芥田氏に語った方法を中心に、社員たちが内容を検討中とのことで、犯人との交渉の成り行きに応じて段階的に公表する形になりそうです。それから、穂瑞先生……」

木暮警視の様子を見ていた彼女は、微笑みを浮かべていた。

「やはりその話ですか……」

「恐縮です」彼が沙羅華に一礼する。「我々が同行できないのを棚に上げて言えた義理でもないのですが、やはり付き添いが辺見部長一人では心もとない。かと言って、今回の犯人と互角に渡り合えるような人材は、他に思いつかないのです。我々からもお願いします。ネゴシエーターをお引き受けいただけませんでしょうか?」

頭を下げる木暮警視と宇都井刑事をなるべく見ないようにしながら、彼女はつぶやいた。

「天気予報だと、今夜から明日朝にかけて、春一番が吹くらしいですね。風だけでなく、雨も激しくなる。寒いだろうし、なるべくなら外出はしたくないな」

「そんな理由で?」

宇都井刑事が、眉《まゆ》をしかめる。

「いえ、本当は彼女……」

僕が言いかけるのを、彼女が止めた。

「これも、芥田さんたちに聞いたんじゃないですか? 本当は怖いんです……。すでにこんなひどい目にあっているんですからね。それ以上、言わせないでください」

　二人はしばらく、黙ったまま うなずいていた。

「もう一つだけ、肝心なことを」宇都井刑事が人指し指を立てた。「犯人像についてですが……。ラモン氏が言うように、やはりディオニソスの仕業だと？」

「と言うか、ラモンに恨みをいだく人物なら、他にもいるでしょう」と、沙羅華は答えた。

「しかも犯人は、地球温暖化対策やエネルギー問題にも、一言あるらしい」

「しかし人工衛星や自動運転車を乗っ取るなんて、犯人のハッキング能力は桁違《けたちが》いどころか、別次元ですよね。プログラミングのノウハウだけでなく、よほど数学面での素養に恵まれた人物でしょうか？」

「それでも今回のようなハッキングは困難じゃないですか？　衛星制御のパスワードなど、本来破られるはずがない。可能性の一つとして考えられるのは、量子コンピュータの使用でしょうけど……」

「量子コンピュータを？」

「重ね合わせや二重性など、量子のふるまいは実にユニークです。それらをうまく駆使すれば、複雑な暗号も解けることがある」

「とすると浮かび上がってくるのは、量子コンピュータを操る天才……」宇都井刑事は、何かを思い出したように顔を上げた。「確か穂瑞先生も、量子コンピュータの開発にかかわっておられましたね」

　木暮警視が咳払《せきばら》いをしながら、彼を肘《ひじ》で小突いていた。

「それとも素数暗号を解くアルゴリズムを見いだしたかですね」と、沙羅華が言う。「これにはやはり、数学的能力が求められるでしょうが……」

それにも沙羅華はあてはまるのではないかと、僕は思っていた。

「あるいは……」彼女は何かを言いかけて、急に口ごもった。「今日はもう、これぐらいにしてもらえませんか？　少し休ませていただきたい」

刑事たちは顔を見合わせ、口々に「お大事に」と言って、病室を出ていこうとする。

ドアの手前で、宇都井刑事がふり返った。

「最後にもう一つ……。犯人は、穂瑞先生が指摘した方法を実行しているようですが、しかし何故、あなたにその方法が分かったんですか？」

沙羅華は不愉快そうに横を向いた。

「犯人も私と同等か、それ以上の天才というだけのことです」

刑事たちはうなずいた後、再度一礼して病室を出ていった。

「いいのか？」

僕は彼女に聞いてみた。

「何がだ？」

「ネゴシエーターの話さ。もしモリヤTが、兄さんだったら……。それが気がかりで、事件に首を突っ込んだはずだったのでは？　刑事に犯人像を聞かれたときも、兄さんのことが頭をよぎったんじゃ……」

「断ったのは、今はもう犯人は兄さんじゃないと思っているからだ」と、彼女が言う。

「私は、殺されかけた。いくらラモンが憎いからと言って、私も巻き込まれて死ぬような仕掛けを、兄さんがするとはやはり考えられない。ディオニソスによる組織的犯行なのか、あるいは単独犯なのかは分からないが、兄でないのだとすれば、私がかかわる理由もなくなる……」

「そんなふうに、自分に言い聞かせているだけじゃないのか？　本当はやっぱり、自分が傷つくのが怖いんだろ……？」

僕がそう問いかけても彼女は返事をせず、また頭から毛布をかぶって顔を隠していた。

アルテミス二号衛星が制御不能に陥っているというニュースは、各方面で波紋を広げていた。ネットでも、マイクロ波によって火災が発生するとか、電子レンジに放《ほう》り込まれたような状態になるとかいったデマが拡散し始めているようだ。

さらに、衛星のマイクロ波とＥＴＣが混信することで、自動運転車に何らかの異常が生じたのではないかとする書き込みもあり、そのためアルテミＳＳ日本支社にもマスコミが押しかけている。

またニュースによると、自動運転車の暴走事故が相次いだことで自主的に車止めをしておく人や、車のバッテリーコードを外しておく人なども出始めているという。

その間もアルテミス二号は、依然として制御不能のままだった。マイクロ波の周波数の変換も試みたが、それも駄目だったと、芥田さんが電話で伝えてきた。

予想通り、ゼウレト・グループや関係企業の株価は暴落を続けている。

このままでは宇宙太陽光発電事業のみならず、ゼウレト・グループの業務のほとんどが行き詰まり、多くの関係者が途方に暮れることになるのではないかと僕は思った。

3

夕食の後、沙羅華と病室で見ていたテレビで、アルテミSSがとうとう、マイクロ波と車の暴走事故との関連に言及したことを知った。マイクロ波がETCを経由し、悪意のあるソフトによって自動運転車を暴走させる可能性があると公表したのだ。ネットでは早速、最悪の事態を想定したシミュレーションや、どう対処すればいいのかを相談し合う書き込みが増え始めていた。

窓の外は、もうすっかり暗くなっている。

沙羅華のお母さんは、今は買い物に出ていた。

時計を見ると、犯人の指定した六日の午前零時まで、あと五時間に迫っている。

しかし沙羅華に、何らかの行動を起こす気はないようだった。

そろそろホテルに戻ろうかと思っていたとき、僕のスマホが鳴る。発信者を見ると、木暮警視からだった。

〈クビを覚悟で言いますが〉彼はそう前置きして話し始めた。〈今、うちの宇都井がそっちへ向かっています。任意の事情聴取を持ちかけると思いますけれども、注意してください。実は、逮捕状も取ってある〉

「逮捕状って、誰の？」と、僕は聞き返した。

〈穂瑞先生のです〉

「えっ……？」

僕は絶句してしまった。

〈衛星に描かせている無限大のマークは、犯人の穂瑞先生への挑発などではなく、先生が自分あるいはグループの犯行を誇示するためではないかと、彼は考えているようです。怪我も入院も、アリバイ作りのためではないかと……〉

僕は慌ててそのことを沙羅華に伝え、スマホを彼女に渡した。

彼女も驚いた様子で、「私がそんなことをするわけがありません」と何度も弁明している。

スマホを彼女から返してもらった僕は、「でもそんな大事なことを、どうして僕たちに？」と、警視に聞いてみた。

〈穂瑞先生に大怪我を負わせてしまった、お詫《わ》びと思っていただければ〉と、彼が答える。

〈それに私は先生じゃないと言い張ったんですが、あの石頭――宇都井には何を言っても通じなくて……。とにかく彼への対応は、くれぐれも慎重になさってください〉

僕は木暮警視に礼を言って電話を切った。

「困ったことになってきたな」

沙羅華が舌打ちをする。

「事情聴取とやらを乗り切れば、逮捕を免れる可能性もあるわけだろ」僕は彼女に目をやった。「けど、お前が犯人だと疑われても仕方ないかもな。お前だってラモンを恨んでる天才の一人なんだし」

「君なら無実を信じてくれると思っていた」と、彼女がつぶやく。

「でも、過去が過去だけに……」

「今回は私じゃない」

「と言うと、他は君なのか？」

「そんな話を今していても、仕方ないだろう」

確かにその通りだった。

「で、どうする？」

彼女は片手で毛布をはねのけ、ベッドから抜け出した。

「逃げる」

「逃げる？」僕は聞き返した。「正々堂々と受けて立たないのか？」

「相手が悪い。私がちゃんと説明しても、きっとあの刑事の疑いを晴らせないだろう」

彼女が、肩にかかっていた三角巾《さんかくきん》を外す。

「いいのか？」

「ああ。まだちょっと痛むけど」左腕を二、三度動かしながら、彼女はつぶやいた。「けど、着替えている時間はないかもしれない」

彼女は青いジャージ姿のまま、タオルや着替えを入れていた紙袋をひっくり返し、そこにノートパソコンなどを詰め込み始めた。

「どこへ行くつもりだ？」と、僕は聞いてみた。

「どうやら、自分で無実を証明するしかないようだ」

「まるで『逃亡者』だな……。だとすれば犯人が指定した受電施設を目指すのが手っ取り早いんだろうが、僕たちだけじゃ行けないだろう」

「少なくとも、ここにいては駄目だ」

「けど玄関にも通用口にも、警官がいるかもしれない。どうやって脱出する？」

僕は彼女が靴を履くのを手伝ってやり、彼女の荷物も僕が持った。

それから二人で、病院の廊下に出る。

彼女は廊下の突き当たりを目指して歩くと、非常口のドアを開けた。

外は、すでに風が強くなり始めている。予報通り明日の明け方にかけて、春一番が吹き荒れそうな気配だった。

彼女は、ジャージの襟を立てた。

「どこかで服を買って、変装しよう」

「君なら余計、目立つと思うけど……」

とにかく僕たちは、非常階段を下りることにする。

しかし沙羅華といるとどういうわけか、いつも非常口とか非常階段のお世話になること が多いような気がする。それだけ彼女が尋常ではないということかもしれないのだが……。

一階まで下り、さらに病院を抜け出そうとする僕たちの前に、一台の黒塗りの乗用車が 止まった。

降りてきたのは、木暮警視だった。

「あなたなら、きっとここに現れると思って」

非常階段を指差して彼が言う。

木暮警視は、沙羅華のことをよく分かっているなと僕は思った。

「さっきの電話は、ひょっとして、ここから?」

僕が問いかける間に、走って逃げようとする沙羅華の右腕を、彼が咄嗟《とっさ》につかんだ。

「痛っ」

眉間《みけん》に皺《しわ》を寄せ、彼女が声をあげる。

警視はすぐに手を放した。

「申し訳ない。しかし、何故逃げるんです?」

「今、逮捕されると、圧倒的に不利だからです」と、彼女は答えた。

「あなたは犯行にかかわってないんですよね?」

「ええ。でもここにいては、それを証明できません」

「じゃあ、どうするおつもりで？」

沙羅華は少し考えてから、木暮警視に言う。

「犯人がお膳立《ぜんだ》てをした再竣工式とやらに行けば、何もかもはっきりするでしょう。犯人はそこで、何らかの行動を起こすはずですから」

「じゃあ……」

「ええ、やむを得ません。今からでも、ネゴシエーターとして出席します」彼女は僕に顔を向けた。「君も来てくれるか？」

「もちろん」と答えて、僕はうなずいた。

今度は木暮警視の方が考え込んだ様子で、彼女にたずねる。

「あなた、本当に犯人あるいは犯人グループの一味じゃないんですね？」

「もちろんです」

「だとしても、ネゴシエーションのプロセスで、犯人に共感したり、逆に説得されて同士になったりというようなことは？」

「それは……。そのときになってみないと分かりません」

深刻な表情をしていた警視は、急に吹き出した。

「正直な人ですね」

そして彼が、車の後部ドアを開ける。

「どこへ連れていく気ですか?」と、沙羅華がたずねた。

「ヘリポートですよ。今回のことで、我々のヘリを何機かスタンバイさせています。私にとって、あなたは謎《なぞ》の多い人物ですが、この状況を切り抜けられるのは、あなたしかいないでしょう」

「ありがとうございます」

沙羅華が警視に会釈をし、車に乗り込む。

宇都井刑事が運転する警察車両とすれ違ったのは、その直後のことだった。

後部座席で彼女は、紙袋から取り出したノートパソコンを起動させながら、僕に言った。

「君の親会社のアプラDTに要請して、量子コンピュータ〝久遠《くおん》〟の最新鋭機を緊急スタンバイさせてくれ。衛星のパスワード解析に使いたい。コマンドなどは、後でこっちから送る」

「スタンバイって……」僕はあきれたようにつぶやいた。「もう夜だぞ」

「私が頼んでるんだ。少々の無理は通してもらう」

取り急ぎ僕は、事務所の留守を預かってくれている守下さんに電話を入れ、手配を頼んだ。

「樋川社長にも伝えてほしい」

僕がそう言って事情を説明すると、彼女もニュースなどで、こっちの状況を知っている様子だった。〈何か、大変なことが起きそうな気がしてならないの……〉と、守下さんが言う。〈二人とも、なるべくなら行かないでほしい〉

「そうは言っても、行かなくても大変なんだから」

僕は変な言い訳をして、電話を切った。

窓の外を見ると春一番の強風が、とうとう雨交じりとなって吹きつけている。

犯人が設定したSS計画再竣工式は、嵐《あらし》のなかの開催となりそうだった。

ヘリポートに到着し、木暮警視が用意したヘリコプターに乗り込むと、機長が僕たちに声をかけた。

「こんな悪天候だと本来飛ばさないんですが、木暮さんのご指示とあらばやむを得ない。相当揺れますから、覚悟してください」

離陸後、機長の一言は脅しでも何でもなかったのだと僕は実感していた。

海上も一面、白波を立てて荒れている。

行き先はもちろん受電施設だったが、犯人が指定したパイロット・アンテナ周辺にヘリは着陸できないため、一旦《いったん》集電所で僕たちを降ろすらしい。そして十二時前に、自動運転のマルチローダーに分乗するか、場合によっては徒歩でパイロット・アンテナ下部の格納庫まで行く段取りになっている。

また、木暮警視は集電所では降りず、対岸の変電所で待機するという。警察は来るなと言われた手前、彼が来ると犯人を刺激してしまうおそれがあるからだった。

そのため僕は、施設で起きたことを後で伝えてほしいと、彼に頼まれた。

「しかし今度こそ、怪我だけでは済まないかも……」

そう言う僕を、沙羅華は横目で見ていた。

「それはどうかな」彼女が微笑みを浮かべる。「怪我のせいで卒業式には出席できなかったが、高校生活における課外活動の方は、これからが卒業式のような気がしている。どうなるかは私にも分からないが、いい卒業式にしたいとは思っている」

ヘリコプターの窓から、円形をした巨大な受電施設が見えてくる。まるでコロシアムのようだと、僕は思った。そこで何が起きようとも、まわりを海に囲まれた施設に、逃げ場などない。

「すでに施設の監視カメラは、犯人の要求通りすべてオフにしている」と、木暮警視が言う。

ヘリコプターは、受電施設の陸側の端に位置する集電所の屋上に、一旦着地した。

僕は念のため、スマホで自動通訳アプリを選択しておく。

「どうしても助けが必要なときには連絡してください」警視は沙羅華に声をかけた。「我々は対岸の変電所でスタンバイしています」

そして僕と沙羅華を降ろした直後、ヘリコプターは対岸に向かって飛び立っていった。

4

受電施設の方を見ると、巨大なパイロット・アンテナや整然と配置されたレクテナ群にも、容赦なく雨が吹きつけている。

強風によろめいた沙羅華の肩を、僕は咄嗟に支えた。

風で勢いを増した雨粒が、体中にぶつかってくる。

僕たちは、急いで集電所の中へ入った。

階段で一階まで下り、制御室のドアを開ける。

整然と操作卓《コンソール》が配置された室内には、すでにラモンと理央さんが到着していた。

会議机のテレビでニュースを見ていた二人が、僕たちに気づいてふり向く。

「ここに来るのを直前になって決めるなんて、まさか、お前が犯人なのか⁉」

吸っていた葉巻の火を灰皿でもみ消し、ラモンが沙羅華に詰め寄る。

「違う。逆です」と、彼女は否定した。「疑いを晴らしに来たんじゃないですか」

「実は私たちも、さっき着いたばかりなの」理央さんは、沙羅華のジャージに目をやった。

「どうして着替えてこなかったの？」

僕が彼女の代わりに答えた。

「いろいろあって、そんな余裕はなかったんです」

テレビの臨時ニュースは、衛星の制御回復を待たずに都心部を脱出しようとする人々の様子を、フィールドリポーターが伝えていた。道路もあちこちで渋滞が始まっているようだ。落ち着いて行動するよう、キャスターが呼びかけている。

沙羅華はテレビの音を消し、外部の状況を映像だけで見られるようにしていた。

「それよりどうするんだ?」ラモンは落ち着かない様子で、沙羅華にたずねた。「殺されるのを、ここで待っているつもりか?」

「あなたは黙っていてください」

そう言いながら、沙羅華が壁の時計に目をやる。犯人が指定した午前零時まで、あと三時間余りに迫っていた。

彼女が片手を差し出したので、僕は紙袋から、彼女のノートパソコンを出して渡した。

「犯人が何をする気か知らないが、要は奴がコトを起こすまでに、衛星の制御を取り戻せばいいんだ」

彼女はパソコンを、コンソールにあるアルテミス二号の制御部につなごうとしているようだった。

「でも他のプログラマーたちがやっても、できなかったのよ」と、理央さんが言う。「トラップだって仕掛けられているかもしれない」

「刑事たちから聞いたが、犯人がマルチローダーやリコボットをあらかじめハッキングしている可能性について語っていなかったか?」ラモンが沙羅華を見つめていた。「そいつらも暴走するかもしれない。下手にプログラムをいじると、日付が変わる前に俺たちは終わりだ」

「どのみち、ここに来て何もしなければ殺されます」と、沙羅華は反論していた。「パイロット・アンテナへ移動するギリギリまでに、衛星の制御を取り戻すことができれば」

「分かったわ」理央さんもコンソールに向かう。「沙羅華が衛星の方なら、私はリコボットとマルチローダーの方をチェックしてみる。私も何かしなきゃと思っていたところだったの」

早速、自分のスマホを取り出してコンソールに接続した理央さんに向かって、沙羅華が微笑みかけた。

「よろしく、姉さん……」

会議机のテレビは、引き続き都心部から逃げ出そうとする人々の混乱ぶりを映し出している。

コンソールでは、ディスプレイと自分のパソコンを見比べながら、沙羅華が慎重にキーボードを打ち続けていた。

そしてスタンバイさせていた量子コンピュータ〝久遠〟のスタッフを呼び出し、データを転送する。その後は彼女のパソコンから、直接〝久遠〟に指示を出せるようにしていた。

それによって、階層的に仕掛けられているらしいパスワードのいくつかを、彼女は一つ一つ解いていく。

「慎重にな」僕は彼女に声をかけた。「下手すると、即、攻撃を食ってしまうからな」

「分かってる」不機嫌そうに彼女が答える。「ラモンみたいなことを言うなら、君にも黙っていてもらわないといけないな……」

そのとき沙羅華のスマホが、僕が聞いたことのないような着メロで鳴り出した。目まぐるしい速度で鍵盤《けんばん》の音が変化するピアノ曲だ。

急いでそれを手に取り、画面を見つめながら「そんな馬鹿《ばか》な……」と、つぶやいている。

僕に見られているのに気づいた彼女は、「知り合いからのメールだ」と言い、スマホを切った。

「『夜のガスパール』ね」隣にいる理央さんが、微笑みながら沙羅華に話しかけた。「今の着メロよ。その第一曲の『オンディーヌ』。違う?」

作業を再開しながら、沙羅華がうなずいている。

僕は理央さんにたずねた。

「最初の短いフレーズだけで、よく分かりましたね」

「だって、ティベルノが大好きだった、モーリス・ラヴェルの曲だもの。難曲中の難曲としても有名だし、私も何度聴いたか知れない……」理央さんは沙羅華の方を向いてたずねた。「それよりメール、返信しなくていいの?」

「今はそれどころじゃない」ディスプレイを見つめながら、沙羅華が言う。「こっちを先にやらないと。もう少しで制御を取り戻せそうなんだ……」

彼女は段階的に複数のパスワードをクリアし、どうやら最終面に到達したという。つまり、あと一つパスワードをクリアすれば、衛星のコントロールを奪い返すことができるらしい。

「え、どういうことなの？」

隣で、理央さんの声がした。

「そっちはどうした？」と、ラモンがつぶやく。

「リコボットの制御プログラムが、いつの間にか更新されているみたいなの。巧妙に隠されていたようだけど……」

「おそらく、マルチローダーもそうだろう」と、沙羅華が言う。

ラモンがいら立たしげに、室内を歩き回っていた。

「やはり犯人の思惑次第で、連中が暴れ出すということか」

今度はコンソールを見つめていた沙羅華が、「どういうことだ？」と声をあげた。

僕が事情をたずねると、最終面のパスワードをクリアしたはずであるにもかかわらず、新たにパスワードを要求してくるのだという。再び量子コンピュータに解かせてみても、同じ現象のくり返しになるらしい。

「そうか、ワンタイム・パスワードか」と、沙羅華がつぶやく。

「ワンタイム・パスワード？」

僕は聞き返した。

「乱数発生器を内蔵した外部の暗号鍵《かぎ》からの信号を受けて、おそらく一秒ごとにパスワードがコロコロ変わっているんだ。十二桁以下の素数を選択してランダムに出力しているようだな。それに任意の素数をかけ合わせたものが、システムの最終暗号なんだろう」

「つまり、その鍵がないと解けないということか？」

「ああ」彼女は椅子《いす》にもたれかかった。「一秒周期でパスワードを変えられたんじゃ、私たちの量子コンピュータでも入力作業が追いつかない。一度鍵をかけたら、鍵の持ち主以外、二度と開けられないような仕掛けになっていたんだ……。けど、何とかするしかない」

彼女は再びコンソールに向かった。

「どうするつもりだ？」

「まず迂回《うかい》ルートを作って、制御プログラムの本体にたどりつけないかどうかやってみる。それが駄目なら、パスワードの発生パターンなどから、鍵となっている乱数発生器との同期を試みて、スペア・キーを作るかだが……。サンプル数が多ければ、精度も上がる可能性はある」

「けど、そろそろ犯人が指定したパイロット・アンテナへ移動しないといけないだろう。それに試行回数を増やすと、何かペナルティがあるんじゃないのか？」

「そうかもしれない。はっきり言って、絶望的な作業だが、それぐらいしか思いつかない」

彼女は再び、キーボードをたたき始める。

僕はただ、そんな彼女を見守っているしかなかった。

そんなふうに、彼女の横で作業を見続けていたから気づいたことかもしれないのだが、彼女は今言ったことと違う作業をしているように、僕には思えてならなかった。もちろん、僕にプログラミングのことなど分からないのだけれども、今まで数回行っていた量子コンピュータにコマンドを送るキーボード動作というのが、さっきから確認できなかったのだ。

しかし彼女は、その作業も中断し、コンソールに顔を伏せた。

「駄目だ。こんなもの、誰にも解けない……」

「君が前に使った〝グリッド・コンピューティング〟でも駄目なのか？」と、僕は聞いた。

「必要ならまた、僕のお宝画像を使ってホームページに賛同者を集めてくれてもいい」

「何を言ってるんだ、君は……」彼女は、馬鹿にしたように僕を見ていた。「とにかくこれでは、私たちが悪あがきするのを見せて犯人を楽しませているだけだ」

周囲をきょろきょろしながら、「鍵がどこかにあるんじゃないのか？」と、ラモンが言った。

「当然、鍵は犯人が持っています。リコボットとマルチローダーの暴走制御にも、同じ鍵が必要かもしれません。その鍵に、ゼウレト・グループの社運がかかっていると言っても過言じゃない。犯人は、それを持ってこれから現れ、あなたと交渉する計画のようですね。どんな交渉をする気かは知りませんが」

「頼む、助けてくれ……」

ラモンは、沙羅華の腕をつかんで言った。

「私に言っても無駄です。精一杯やったつもりですけど、システムを復旧させることができなかったんですから。頼むなら、犯人に言えばいいでしょう」

「それが分からないから、君に頼んでるんだ」彼がいら立たしげに答える。「それとも君には、犯人の心当たりがあるのか？」

すぐに返事をせず黙っていた彼女が、つぶやくように話し始めた。

「脅迫メールは、匿名化ソフトのために、私も犯人までたどり着けない。けど、他の線からなら……」

「他の線？」と、彼が聞き返す。

「自動運転車へのハッキングも、さほど難しくない。セキュリティの甘そうなディーラーから本社に入り込めればね。けれども、衛星のプログラムに侵入できる人間は、限られてくる。しかも私がチェックしたとき、問題は確認できなかった。

だとすれば、その後にプログラムを触れる人物で、さらに作業ロボットも書き換えられるのだから、それらのすべてを操作できる人間はさらに絞られる。また衛星のハッキング技術があれば相当すごいことができるはずなのに、さしあたっての標的があなただなんて、その線からも内部犯行が疑われる。

そんなことより、そろそろ約束の十二時だというのに、ここにいて落ち着いているのがおかしい」

沙羅華は椅子に腰かけたまま、何故か理央さんを指差し、ラモンに言った。

「頼むなら、彼女に……」

僕もラモンも、驚きながら理央さんに注目した。

5

「何をふざけたことを」と、ラモンが言う。「何で彼女なんだ。追い詰められて、おかしくなったのか？」

沙羅華は軽く目を閉じ、「夜のガスパール」と答えた。

「何だと？」

彼が首をかしげる。

「さっきの着メロですよ」再びスマホを取り出しながら、沙羅華が立ち上がる。「あなたが来日する前、私が変電所でプログラムチェックをまかされていたとき、動作系統の深部に改変があれば、私のスマホに連絡があるようにプログラミングしておいた。と言っても衛星のハッキングまではその時点で想定していなかったけど、作業ロボットの方はセッティングできた。そしてそれが鳴ったのは、さっきが初めてです」

沙羅華は『夜のガスパール』第一曲を再生し、スマホをラモンの前に突き出した。

「作業ロボットのプログラムは、変電所かこの集電所からでしか介入できない。変電所でないとすれば、ここ。つまり、姉さんしかいない」

反論もせずにじっとしている理央さんを、沙羅華が見つめる。

「ただし着メロが鳴った時点で、書き換えはもう終了している。やはりパスワードがないと、上書きできなくなっているはずだ。だから私だって、姉さんにお願いするしかない。アポロン・クラブの有志による犯行とも考えたけど、単独犯だったようね。動機までは、私にも分からないけど……」

理央さんは作り笑いを浮かべながら、ようやく口を開いた。

「この曲の〝ガスパール〟は、悪魔の名前だという解釈もされている。あなたらしい選曲ね」そして彼女は、壁の時計に目をやった。「私の出番は、まだ一時間も先だったのに……」

僕とラモンがきょとんとしていると、彼女はお尻《しり》のポケットから、ストラップのついた小型のメモリー・カードのようなものを取り出し、目の前でブラブラさせた。

「これを探しているの？」

沙羅華が言っていた、ワンタイム・パスワードの鍵のようだった。

ラモンが、理央さんを指差した。

「お前が、モリヤT……」

彼女は返事をしなかったが、否定もせずに微笑んでいる。

「アメリカの事故も、お前が？」と、ラモンがたずねる。

「アメリカの竣工式が延期になれば、あなたは必ず来日する。するとこうして、ゆっくり話もできる」

彼女は鍵を、再びお尻のポケットにしまった。

「君を信頼していたのに……」

「そういうところが一方的なの」理央さんが、コンソールをたたく。「あなたは、誰に対してもそうじゃないの」

「そもそも、どうして〝モリヤT〟を名乗った？」と、ラモンがたずねる。「それも何か、私に向けてのメッセージだったのか？」

理央さんが、小刻みにうなずく。

「〝モリヤ〟は、彼が生きていれば名乗ったかもしれない名字よ。沙羅華のようにね。そしてご推察の通り、〝T〟は彼――〝ティベルノ〟のイニシャル……。私にとって、本当にかけがえのない人だったのに……」

彼女はラモンをにらみつけた。

「彼が死んだのは、あなたのせいよ」

「それでティベルノに代わって、恨みを晴らそうと？」

「そんな単純じゃない。私も彼も、あなたが生み出してきた天才たちはみんな、その才能が引き起こす苦しみを散々味わわされてきたのよ。生まれたときから決定的に他の人とは違っていたし、誰ともなじめなかった。こんな自分に生まれたことに対する憤りを、どうしていいかも分からない。大体、天才を思い通りに作ろうなんて、あなたたちの思い上がりよ。しかもそのひずみの処理は、私たちに丸投げしているだけ……」

沙羅華は、理央さんの言うことを黙って聞いていた。

しかしこれは、沙羅華のかかえている問題にもすべて通じることではないかと思いながら、僕も理央さんの話に耳をかたむけていた。

「社会に出たら出たで、無理難題を押しつけられた上に、人間関係で日々消耗するだけ。何より、ラモンの言いなりで動いてる自分なんて、まったく面白くない。SS計画だって、大義名分がどれだけ立派でも、ラモンを頂点とする一部の人間だけが儲《もう》かるようなしくみになっている……」

彼女が話し終わらないうちに、ラモンは内ポケットから銃を取り出し、それを理央に向けた。

「まだ分からないの？」と、彼女が言う。「私を殺しても、時間になれば自動的にこの受電施設は破壊され、世界中の自動運転車が順次暴走を始める。あなたが打ち上げた衛星のせいでね。私を説得することができなければ、あなたは破滅なのよ」

理央さんは、立ちすくんでいるラモンから銃を奪い取る。

膝《ひざ》から崩れるようにへたり込んだ彼は、理央さんの前で両手をついた。

「許してくれ。君たちに何のことわりもなく、君たちを作ってすまなかった」

彼女は彼に銃口を向けながら、大声で笑う。

「あなたのそんな姿が見てみたかったの。破滅させる前にね」

「何だと？」ラモンが顔を上げる。「交渉する気など、最初からなかったんじゃないのか？」

「いえ、そのつもりだった。ゼウレト・グループの今後についての考え方なども、聞く用意は一応あった。でも今、銃を突きつけられて決心した」

彼女はコンソールにポケットから取り出した暗号鍵を差し込み、さっきまで沙羅華が座っていた椅子に腰かけてキーボードを操作し始めた。

「本当は午前零時に、実行するかどうかを私に確認してくるプロセスがあったんだけど、今、クリアにした。だから十二時を過ぎると、すべて自動的に動き出す。リコボットもマルチローダーも、その一時間後には自動運転車も」

僕は、あの暗号鍵が何とか奪えないかと思いながら、彼女に話しかけた。

「しかし人間、みんなそうじゃないのかな？」

「何のこと？」

暗号鍵から目を離さないようにしながら、理央さんが聞いてきた。

「さっき、ラモンの言ったことですよ。僕に何のことわりもなく、僕だって生まれた。自分の意志で生まれた奴なんていない。みんな同じじゃないかなあ……」

プログラムの修正を済ませた理央さんは、コンソールから暗号鍵を引き抜き、またお尻のポケットにしまっていた。そしてラモンの銃を再び彼に向け、近くにあったパイプ椅子に座るよう命じる。

「どうするつもりだ？」

観念したように、彼がパイプ椅子に腰を下ろす。

彼女は制御室にあった電源ドラムを持ってくると、コードを延ばして彼の両腕を椅子に縛りつけ始めた。

「どうせもう、逃げ場はない」と、彼女が言う。「縛られても縛られなくても死ぬんだから、拒む理由もないはずよ」

「パイロット・アンテナへは行かなくていいのか？」と、ラモンがたずねた。

「私がここにいるのに、どこへ行くというの？」笑いながら、彼女が答える。「第一、警察関係者には来るなと釘《くぎ》をさしておいたけど、どうせそこを中心に警官を配置しているに決まっている」

ラモンがふり返るようにして彼女を見つめる。

「フェイントをかけたのか？」

「当然でしょ。警官がいたとしても、暴走するロボットへの対応で手一杯になるでしょうね」

そのとき、つけっ放しにしていた会議机のテレビに、ニュース速報が表示された。衛星からのマイクロ波が、陸側へ向けての移動を開始したというのだ。

「私も姉さんと同じだった」理央さんがラモンを縛る様子を見ながら、沙羅華がつぶやいた。「自分に生まれたことに、ずっとイライラしていた。だから姉さんの言っていることには、私も共感する」

理央さんが笑顔を浮かべている。

「でしょ?」

沙羅華が理央さんに共感をおぼえるというのは、木暮警視も危惧していた最悪のシナリオではないかと思いながら、僕は彼女の言うことを聞いていた。

「でも最近、そっちじゃないとも思えるんだ。いつまでもそんな気持ちのままじゃ、いけないのかもしれない。何故なら生まれたことは、素晴らしいことでもあるはずなんだから」

「どうしたの?」理央さんが首をかしげている。「あなたらしくもない」

「確かに姉さんが知っていたころの私なら、そうは思えなかった。でも、今なら……」

そのとき沙羅華は何故か、僕の方を見つめていた。

理央さんがため息をもらす。

「私はあなたみたいに、手なずけられたりしないわよ」

「けど、そんなことで」僕は思わず、理央さんに話しかけた。「ラモンに対する恨みで、こんなひどいことを?」

ラモンが縛られながら、「それでこんなことを起こすのも、ゼウレト出身の天才の特徴じゃないか」と、つぶやいていた。

「もちろん、それだけじゃない」理央さんが首をふる。「確かにラモン一人に復讐《ふくしゅう》しても、仕方ない。私がこんなことをしているのは、人間存在そのものに対する憤りがあるからよ」

彼女が窓に目をやったので、僕も外の様子を見てみた。

風も雨もさらに強くなっていて、とてもじゃないが、〝春一番〟という言葉から連想される風物詩的状況ではなくなっている。

これも地球温暖化の影響といえるのかもしれないと、僕は思っていた。

「人間たちは目的不明なまま、自滅に向かっている。にもかかわらず、活動をやめようとしない。私には、人間のそこが不可解なの」彼女はコンソールを拳でたたいた。「地球温暖化による環境破壊は、予想以上に深刻なのよ。今ごろになってどんなルールを決めても、怠惰な人間には通じない。ラモン氏ご自慢の宇宙太陽光発電でも救えない。しかし道具《ツール》にはよくあることだけど、同じシステムでも違う使い方をすれば、温暖化の抑止力になると気づいたの。しかもそれは、〝弔い合戦〟にもなる」

「違う使い方?」椅子に縛りつけられたラモンが、首をかしげている。「弔い合戦?」

「もう分かるでしょ。車に依存しきった社会から、車を徹底的に破壊するのよ。そしてこれは以前、ティベルノが言っていたことでもある。大規模な粛正を実行しなければ、確かに温暖化なんて止まらない。そのためのツールを、私は得たの」

「SS計画……?」と、ラモンがつぶやく。

「自動運転車の更新プログラムをハッキングすれば、一気にそれができてしまうのは分かっていた。けれども急激な変更は、人類破滅の引き金ともなり兼ねないし、それは私も望まない」

「それで高度三万六千キロメートルの人工衛星を？」沙羅華がうなずいていた。「史上最高のハイジャックだな」

「衛星をうまく使えば、エリアなどに制限を加えながら自動運転車を暴走させることが可能になる。リコボットやマルチローダーもそうだけど、マイクロ波の照射を受けている間だけ暴走するようにプログラミングしたの。車も街も、全面的にクラッシュしないよう徐々に壊れていけば、地球温暖化も次第に落ち着いていくはずよ」

沙羅華が口をとがらせる。

「確かに都市部の人口が減少するなどすれば、ヒートアイランド現象も起きないし、エネルギー問題も緩和されるかもしれない」

僕もうなずきながら、理央さんの話を聞いていた。彼女はラモンへの復讐とともに、地球温暖化対策としてそんなことをしでかすつもりのようだった。

「見ているといい。地球温暖化は、どうやって止めればいいかを」理央さんは銃を握りしめたまま、背伸びをしていた。「言うだけ言ったら、何かスッキリしちゃった」

沙羅華は近くの椅子に腰を下ろし、首をふった。

「ラモンにとっては自業自得だけれども、姉さんは、兄さんの言ったことを飛躍して解釈してるんじゃない？」

「どういうこと？」と、理央さんが聞き返す。

「大体兄さんの言うことは、いつも冗談か本音か分からなかった。だから真に受けちゃ駄目だ。それに人類は、何のためにここまで進化してきたんだ？　進化で獲得した知恵をしぼれば、温暖化防止にも違う方法が見つかると思う」

「下手な考えを待っている余裕はないの」理央さんが大声で言う。「零時にアクションを起こす。まずはこの受電施設から。もう決めたことよ」

コンソールのディスプレイを見ると、無限大のマークを描き続けていたマイクロ波は、徐々にこの施設に向けて北上を始めたようだった。

「その前に、ラモンの処刑ね」

ラモンはパイプ椅子に縛られたまま、「どうするつもりだ？」とたずねた。

「零時を過ぎたらリコボットに襲わせるつもりだったけど、私にピストルを向けたんで、予定を早めることにした。でも、ただ死なれたんじゃ面白くない。せっかく発電所を作ったんだから、自分で体感してもらいましょう。それこそ竣工式にふさわしいセレモニーじゃないの」

彼女は制御室の床から延長コードを引っ張り出すと、スチール製ラックの工具箱にあったニッパでタップ部分を切り、先端部の被覆をはがしていた。

「まさか、感電死させるつもりか」

震える声でラモンが言う。

「そう、急ごしらえの電気椅子ね」

「頼む。殺さないでくれ。何でも言うことを聞いてやるから……」

彼の月並みな命乞《いのちご》いを無視するかのように、理央さんは笑っていた。

「あなたはもう、社会的には破滅している。会社はすでに倒産寸前だし、助かってもきっと地獄よ。あっさり死んだ方が、あなたのため……」

彼女は手袋をはめ、延長コードの先を握った。

「確かに逃げ場はないようですね」沙羅華がラモンに語りかけていた。「電気椅子で死に損なっても、間もなくリコボットの暴走が始まるのであれば、そいつらが私たちを必ず仕留めてくれるでしょう」

「お前、どうしてそんなに落ち着いたコメントができるんだ？」

僕は彼女に聞いた。

「これでも彼の警護アドバイザーだったからね。状況を見ながら適切なアドバイスをしているだけだ」

彼女の言う通りかもしれないが、リコボットの暴走は止められないとしても、理央さんが処刑を実行に移すつもりなら、僕は何としても止めるつもりでいた。

理央さんは、壁掛け時計に目をやった。

「あと二十分ね。この集電所も標的だから、沙羅華が言った通り、ここにいる限り誰も助からない」

「お前はどうやって逃げるつもりだ？」と、ラモンが聞く。

彼女は微笑みながら、「もちろん、私も死ぬつもり」と答えた。

「しかしこの受電施設は、お前の計画にもまだ必要じゃないのか？」

「衛星へのプログラムの書き込みは、もう完了している。パイロット・アンテナを壊しておけば、衛星は半永久的に車社会を破壊し続けるわけ。まず首都圏で実行し、その後、世界中の自動運転車を順次暴走させる」

会議机のテレビは、都心部から脱出しようとする人々の混雑ぶりや、渋滞する幹線道路の様子を映し続けている。

理央さんは、沙羅華の方に向き直って続けた。

「あなたにデバッグしてもらったおかげで、システムは問題なく動いているようね」

彼女は僕たちに銃を向けたまま、延長コードの一方を壁のプラグに差し込もうとしている。

僕が理央さんを止めようと、彼女の背後に近づいたときだった。

制御室内の照明が突然消え、非常灯に切り替わった。

6

ラモンが叫び声をあげている。刑が執行されたと思ったらしい。

しかし呼吸を乱したものの、彼はまだ生きていた。

見ると、理央さんも驚いている。

「誰かが配電盤のブレーカーを……」

彼女がそう言う間に、制御室のドアが開く音がした。

ゆっくりと入ってきた人影は、まずライターで、手袋をしたまま煙草《タバコ》に火をつけている。

その明かりに浮かび上がったのは、濃い紫のウエットスーツの上に、ライフジャケットのような浮力調整装置《BCD》を装着した男だった。ＢＣＤには、レジ袋のようなものがぶら下がっている。

日焼けしているのか、肌は褐色をしていたが、東洋系のようにも見えた。

男はズカズカと僕たちのところまでやってくると、呆然《ぼうぜん》としている理央さんからゆっくりと銃を奪い、自分が着用しているＢＣＤの大きなポケットにしまい込む。

理央さんが男を凝視したまま、「そんな、あり得ない……」とつぶやいていた。

ラモンはポカンと口を開け、男の方をながめている。

「どうする？」男はラモンを縛っている電源ドラムのコードをほどきながら、沙羅華に話しかけた。「突き放すのか、それとも……」

沙羅華は男の背中にしがみつき、いきなり嗚咽《おえつ》し始めた。

「兄さん……」

彼もふり返り、沙羅華をしっかりと抱きしめる。

「痛い……」

彼女が小さな声で訴えた。

「そうだったな……」

彼も沙羅華の怪我のことは知っている様子で、力を少し緩めながらしばらく彼女を抱擁していた。

そして椅子に座ったままのラモンに目をやる。

「車にひかれかけたんだってな？　さっきはさっきで死に損なったし、災難続きで気の毒なことだ。けど言っとくが、ディオニソスはゼウレト・グループの不正や問題行動の監視はするが、殺しはしない」

「ティベルノ・アスカなのか？」と、ラモンは聞いた。

彼は首をふる。

「ティベルノは死んだ」

「じゃあ、誰なんだ？」

「誰でもいいじゃないか」彼は煙草の煙を吐き出した。「取りあえず、ライフロストとでもしておいてくれ」

彼の隣で、沙羅華が微笑んでいた。

「相変わらず、面倒くさい人」

「お前だって、穂瑞と森矢——二つの名前を使い分けているじゃないか」

「て言うか、自分が犯人じゃないなら、早めにそう言ってくれればいいのに。おかげで大学入試も受けられなくなったんだから」

「そう言われても、死んだことになっているのに、無実を訴えるのはおかしいだろ」

「大体、何で死んだなんて嘘《うそ》を……」

「いや、いろいろあってな。お前やラモンとだけじゃなく、その女とも」彼は理央さんにあごの先を向けた。「しかし、濡《ぬ》れ衣《ぎぬ》はやっぱり晴らしておかないといけない。それで渋々出てきた」

ラモンに向き直り、彼は話を続けた。

「俺たちの苦しみを生み出した、あんたを恨んでいるのは確かだ。けど、感謝もしている。こんな素敵《すてき》な人たちと出会わせてくれたんだからな。ライフロストなんてケチな異名を名乗ってはいるが、何だかんだ言っても、人生は素晴らしい。ありがとうよ……」

理央さんは、意外だと言わんばかりの表情で、ラモンとティベルノの顔を見比べていた。

今度はその理央さんに向かって、彼が言う。

「再竣工式に間に合って良かったよ。もっとも、俺は招かれてなかったがな……」

「あなた、何で生きてるの？　どうして、死んだなんて嘘を……」

沙羅華と同じことを、彼女も聞いていた。

「生きてたとしたら、こいつらに殺されるかもしれないじゃないか。それに、アポロン・クラブで活躍しているお前の邪魔にもなりたくなかった。ところが、こんなことに……」

彼はため息交じりに煙を吐いた。「とにかく、屁理屈《へりくつ》言わずに投降しろ。衛星も、ラモンに返してやれ」

「私を説得するつもり？　ティベルノなら、分かってくれると思ってた」

彼は理央さんの肩に手をのばし、「まだしていたのか？」とつぶやく。

そして彼女の首筋から、ネックレスを引っ張り出した。服に隠れていたペンダントトップは、二つの涙粒がその先端でつながったような形をしていて、立体的にアレンジされた無限大のマークのようにも見えた。

「私、ティベルノの弔い合戦のつもりでやっていたのに」

彼女は訴えるような目で彼に言った。

「その独特なものの考え方は、やはりお前を生み出したゼウレトに原因があるのかもしれない。確かに俺たちは、特別変わっている。恨む気持ちも分からんでもない。けど考えてみろ。特別でない人生などない」

彼は急に指を鳴らし、沙羅華の方に目をやった。

「それで思い出した。元アポロンのメンバー、王兵牌から聞いたが、お前、遺伝子操作されているんじゃないかと、随分気にしていたようだな」

沙羅華はこっくりとうなずいた。

「心配ない。ディオニソスでも調べたんだが、遺伝子編集の被害者に、沙羅華は含まれていなかった。お前は純粋な人工授精のみで生まれてきたんだ」

「知っている。自分でも確かめた」と、彼女が言う。「当時の人工授精の責任者に、アメリカで会ってきたの。兄さんも覚えているかもしれないけど、シン・ウエムラさんという人」

　その名前は、僕にも聞き覚えがあった。僕も去年、彼と会っている。そのときのことを説明すると長くなりそうなので省略するが、ただ彼は最初、ある事情で偽名を使っていたため、僕の印象に強く残ったのは確かだった。

「そうだったのか……」

　軽くうなずくティベルノに、沙羅華が補足した。

「彼、遺伝子操作を強要するラモンと意見が合わないこともあって、辞めたって言ってた。でも何で今、そのことを？」

「ずっと言う機会がなかったじゃないか」

　ティベルノが、ようやく気づいたように僕を指差す。

「そうそう、お前にも言うことがある。お前がいてくれて助かったよ」

　彼はＢＣＤにぶら下げていたレジ袋からウォーターシューズを取り出すと、僕に放り投げた。

「すまんが、これに履き替えておいてくれ。国産の量販品で気に入らんかもしれんが、俺のと〝おそろい〟だ。ウォーキングにも使えて便利だぞ」

　最初、意味がよく分からなかったが、おそらく彼の証拠隠しが目的ではないかとも思ったので、言われた通り、靴を履き替えることにした。

「さて、問題はこっちだな」彼は理央さんの方を向いた。「残り時間も少なくなってきたようだし……」

「説得は無意味よ」と、彼女が言う。「ティベルノが生きていることが分かっても、ラモンが間違えていることに変わりはないし、社会も、何もかも間違えてる」

「間違えてるのはお前だ。温暖化対策として、車に依存しない社会について語ったかもしれないが、車で破壊しろとは言っていないし、粛正しろとも言っていない。何を聞き違えているんだ。そもそも、どうしてそう、自分を特別扱いして苦しむんだ。人がうらやむような高い知能を授かっておいて、何で悩まなきゃならない？」

「そういうふうに、ラモンに仕組まれたからよ。私だけじゃなく、あなたも沙羅華も。全部、こいつのせいよ」

彼女はラモンを指差した。

「いい加減、許してやれ。罰するにしても、殺すほどのことじゃないだろう」

「どうして許さないといけないの？」

「自分について知る上でも、他の人間の果たす役割は重要だからだ。相手がどんな奴であれ、他人がいるからこそ、自分について考えもする。〝自分とは何か〟は、人との関係のなかで理解されていくもんだ」

ティベルノは煙草の煙を吐き出すと、沙羅華に顔を向けた。

「お前もだ。相変わらず、最終理論にこだわっているのか？　けどお前のアプローチは純粋過ぎるし、世の中、そんな奇麗じゃない。もっと非論理的で無秩序だから、お前の考えつくような理論で何もかも表せたりするもんか。第一、ＴＯＥが方程式だというのもお前の思い込みで、何も方程式とは限らんのじゃないか？」

「方程式じゃ、ない？」

驚いたように、沙羅華が聞き返した。

「そもそも、いつまでたっても科学で理解できないことがあるのは何故かを考えてみればいい。科学というのは、ものを分類して考えるから余計分からなくなっているとは思わないか？　科学の視点そのものの在り方も、俺には疑問だ」

沙羅華は目を瞬《しばた》かせながら、彼の話を聞いている。

「この宇宙には何もかもがそろってはいるが、誰かの主観を通してでしか、見ることも感じることもできない。〝客観〟――つまり科学の視点など、そもそもあり得ないんじゃないのか？　最終理論が何だろうと、重要になってくるのは、それを見つめる人間の方だ」

理央さんも、黙って彼の話に耳をかたむけていた。

「大体、宇宙というのは、無数の意識が泣いたり笑ったり、そういうことができる〝器〟なんだ。ＴＯＥが明らかにするのも、そのことだと思う。科学的な探究も結構だが、一個の生命としてしっかり生きていれば、おのずとＴＯＥに相当するものは感じ取ることができる。何も方程式でなくても、体と心で感じるものが得られたとするなら、それがお前にとってのＴＯＥだ。

それと沙羅華も理央も、きっと根本的に誤解している。お前らの求めているものは、いわば相互作用であって、一人でどうなるものじゃない。自己実現とは、また別の何かだ。だから自分に囚《とら》われているうちは、いつまでたっても分からない。自分という存在は、他者によって見いだされるものなんだ」

彼は沙羅華の目を見ながら、話を続けた。

「そもそもお前が宇宙について考え出したのは、自分について知りたかったからだろ？　けどそれを理解する方法は、宇宙について考えるだけではないはずだ。一人で考え続けるというのも、ある意味で社会からの逃避だったんじゃないのか？　この際直接、人間としっかり向き合ってみたらどうだ。自分の問題も、きっと社会とかかわらないと、本質的には解決しない」

彼はＢＣＤのポケットから携帯灰皿を取り出すと、煙草の火をもみ消してそこに捨てた。

「そんなに話し込んでいる場合でもなかったかな。もうじき十二時だ」彼は窓の外の様子を少しうかがった後、理央さんに向き直る。「とにかく人間、何もかもが崩れていく運命にあるものを、何故か必死で建て直そうとしている。エントロピー増大の法則に逆らうなんて、確かにある意味、無駄なことだし馬鹿げている。けれどもそこに、何か人間の意味があるとは思わないか？」

彼は理央さんの前に、片手を差し出した。

「さあ、鍵を出すんだ。自分が苦しいのなら、むしろ人を救え。人を救うことで、自分も救われる。死んだことになっている俺が言うのもおかしな話だが、死に急ぐな。何故ならこの宇宙には、すべてあるからだ。すべてあるためには、君にいてもらわなければ、俺たちの宇宙は成り立たない。言い換えれば……。君がいるから、俺は生きていられるんだ」

彼はまるでキスを仕掛けるかのように、理央さんに少しずつ顔を近づけていった。

「また会えて嬉《うれ》しいよ、理央……」

彼女は少し戸惑った表情を浮かべながら、彼を見つめている。

そのときコンソールから、アラーム音が鳴り響いた。

すぐに沙羅華が、ディスプレイで状況を確かめる。

「海上移動を続けていたマイクロ波が、受電施設に届いたようだ。この集電所も、エリア内に入っている」

コンソールを見ると、マイクロ波の受電を示すライトがいくつも点灯し始めたのが僕にも分かった。

「間もなくロボットの暴走が始まるぞ」と、ラモンがつぶやく。

ティベルノが舌打ちをした。

「ちょっと喋《しゃべ》り過ぎたかな……」

次の瞬間、理央さんが制御室のドアへ向かって走り出した。

「どこへ行く気だ。逃げ場なんて、どこにもないのに」

彼女を追いかけようとしたティベルノはふり返り、「ロボットの暴走が始まるのなら、ここにいるのは危険だ。お前らはヘリで逃げろ。ここは俺が何とかする」と言った。「それと、分かってるだろうな」彼はＢＣＤのポケットからさっきの銃を取り出すと、それをラモンに返した。「俺のことは、誰にも言うなよ」

そう言い残し、彼は制御室を出ていく。

「兄さん……」

そうつぶやきながら走り出したものの、追いつけないと察した沙羅華は、閉じられたドアにもたれかかった。

僕が木暮警視に連絡しようと思ったときには、すでにラモンが会社のヘリコプターを呼び出していた。見たところ、スマホは新機種に買い換えたようだった。

窓の外からは風の音に交じって、ガシャガシャという工事現場のような物音も、かすかに聞こえ始めている。

リコボットもマルチローダーも、マイクロ波の照射を受けて起動したようだった。これから施設内のアンテナなどを破壊しつつ、いずれ僕たちにも襲いかかってくるのだろう。

とにかく、ラモンが呼んだヘリが到着する屋上へ向かうことにした。

沙羅華は自分のパソコンを紙袋に入れていたので、僕はそれを持ってやった。

「危険はこの受電施設だけじゃない」階段を上りながらラモンが言う。「理央は確か一時間後と言ってたと思うが、マイクロ波は首都圏へ向けて動き出す。それが自動運転車の暴走を次々と引き起こすんだ」

屋上へ出るドア付近で、パイロット・アンテナの方向から銃声のようなものが数発聞こえた。

「警察じゃないか？」と、沙羅華が言う。「やはり秘密裏に、特殊部隊《SAT》が施設内に隠れていたのかもしれない。それが逆にロボットたちに襲われ、身動きができなくなっているようだ」

それだとまったく理央さんの策略通りじゃないかと、僕は思った。

そのとき、ラモンのスマホが鳴る。

電話に出た彼は激しく抗議し始めたかと思うと、すぐに電話を切った。

「アルテミス二号は、アメリカの対衛星ミサイルによって破壊されることが決定したらしい」

当然、彼は反対したが、聞き入れてもらえなかったようだ。

「やむを得ないでしょう」僕は彼の肩に手をかけた。「車が暴走を始めれば、遅かれ早かれそうするしかなくなる」

「しかし衛星は、静止軌道上にある」と、沙羅華が言う。「今からだと破壊に成功したとしても、何時間も先だろう……」

間もなく到着したヘリコプターに、ラモンは逃げるようにして乗り込んだ。「犯人は開発部の辺見理央だった」彼が一方的に、機長に話しかける。「えらい目にあったよ……」

しかし沙羅華は、パイロット・アンテナやレクテナ群の方を見つめて躊躇《ちゅうちょ》している。この集電所に向けて接近してくるマルチローダーも、僕には見えていた。

「彼らなら、自分たちで何とかするはずだ」

僕がそう声をかけると、彼女は一つうなずき、ヘリのステップに足をかけた。

「シートベルトを」機長が僕たちに言った。「すぐに脱出しましょう」

「何とかならんのか？　ロボットが施設を破壊し始めているんだ」ラモンが窓から外の様子をうかがっていた。「パイロット・アンテナを壊されたら、車の暴走を止める手段は、本当にミサイルしかなくなってしまう」

「自動運転車……。確か、佐倉君の家も」と、沙羅華がつぶやく。「もし、赤ん坊が巻き込まれるようなことになったら……」

「いや、やはり私たちだって、逃げないと殺される」

ラモンは自分を納得させるように、うなずいていた。

「けどこのままだと、衛星がミサイルで破壊されるまでに、甚大な被害が出るのは間違いない」

唇をかみながら外を見つめている沙羅華に、ラモンが声をかけた。

「しかし、どうしろと言うんだ……」

いつもの沙羅華なら、「もう自分には関係ないこと」と言って、シートベルトを締めたかもしれない。

けれども彼女は立ち上がり、ヘリから降りようとしていた。

「おい、ここに残ると、間違いなく死ぬぞ」と、ラモンが言う。「今が脱出するギリギリのタイミングなんだ」

「でもハッキングされた衛星を、このままにはしておけない」

ラモンの指示で、ヘリが上昇し始めた瞬間だった。

沙羅華は、「私はいいから」とラモンに言い、スキッドに足をかけてヘリから飛び下りたのだ。

「沙羅華！」

僕はそう叫びながら、仕方なく彼女を追いかけた。

僕たち二人が集電所に戻っていくのを確認したヘリコプターは、あきらめたように受電施設を離れていった。

7

「何で戻る？『自分のやりたい仕事しかしない』とか言ってたくせに」

集電所の階段を一緒にかけ下りながら、僕は沙羅華に聞いた。

「理由なんて分からない。そんなことを考えてる間に、大勢の人が傷つくかもしれないんだ。私の知っている人も」

「そのために、自分の人生が犠牲になるかもしれないんだぞ」

「けど生きていく上での面倒くささは、何かを育《はぐ》んでくれたりもする――これは君の台詞《せりふ》じゃなかったか？」

確かに今回の仕事を始める前、そう言って彼女を説得しようとした覚えが僕にはあった。

「しかし今、この状況でその話を持ち出さなくても……」

「言っただろ。学校の卒業式に私は出席できなかった。でも高校生活における課外活動の方は、これが私にとっての卒業式かもしれないと……」

階段を下りた彼女は、スマホで配電盤を照らし、ティベルノがオフにした制御室の照明を復帰させていた。

ドアは、「兄さんが帰ってきたときのために開けておく」と沙羅華が言う。

室内に入った彼女は、僕から紙袋を受け取ると、中からグラスビュアを取り出して装着した。彼女が愛用している、眼鏡《めがね》型の情報端末だ。

パソコンが起動するのを待ちながら、彼女が自分の気持ちを落ち着かせるかのようにつぶやく。

「とにかく、アルテミス二号の制御を取り戻す。それが最優先だ」

その直後には、ひたすらキーボードをたたき始めていた。

僕は念のため、彼女にたずねた。

「最後のパスワード解析に、量子コンピュータは使わなくていいのか？　まだスタンバイしてくれているかもしれない」

「太刀打《たちう》ちできないのは、さっき見ただろう。一秒というワンタイム・パスワードの変換周期に、量子コンピュータへの入力作業が追いつけないんだ。こっちで他の方法を試すしかない」

やはり、と僕は思っていた。

彼女は最終理論から派生的に見いだした素数の法則性を応用して、すでに独自のアルゴリズムを構築しているのかもしれない。それを用いて、刻々と変わる衛星制御のためのパスワードを解こうとしているようだ。

いや、ひょっとしてさっきまで量子コンピュータから得ていた情報も、彼女にとってはアルゴリズムに到達したことを隠すためのカムフラージュか、あるいはバックアップとしての意味しかなかったとも考えられるのだ。

「痛っ」彼女は左手首を、もう片方の手で押さえた。「指が、うまく動いてくれない……」

肘から手の甲にかけて何度かさすった後、彼女は入力を再開する。

僕は、集電所の外が次第に騒々しくなっていくのを実感していた。数十台のリコボットとマルチローダーが、受電施設全体を壊し始めているのだろう。やがてこの集電所も狙われるのは、間違いない。そうなれば衛星の制御だけでなく、僕たちも終わりだと思った。

沙羅華が再び、キーボードから手を離す。

「どうした?」僕は彼女にたずねた。「また痛むのか?」

「違う」彼女が首をふる。「やはり無理だ。マイクロ波の放射方向も強度も波長も、何もかも制御できない……」

沙羅華は紙袋から、スティッキーのパッケージを取り出した。

それも忘れずに病院から持ってくるというのが、何とも彼女らしい。パッケージの色からして、チョコスティッキーのようだ。

そして自分の気持ちを落ち着かせるかのように、彼女はゆっくりとパッケージの中に手をのばす。しかし次の瞬間、彼女は口をとがらせていた。

見ると、彼女がつまみ取ろうとしていたスティッキーのチョコが溶け、他のスティッキーとくっつき合っていたのだ。マイクロ波がここをめがけて照射されていることを、嫌でも受け入れざるを得ない現象ではないかと僕は思っていた。

「こうなったら、兄さんが姉さんを説得してくれていることに、期待するしかないかもしれない」

彼女がそうつぶやいた直後、大きな音とともに制御室の窓ガラスが突然割れ、風と雨が吹き込んできた。

キャッと叫んだ彼女が、反射的に僕に抱きついてくる。

窓の外では、一台のマルチローダーが集電所に体当たりしていた。いよいよロボットたちが、他の受電施設だけでなくこの集電所への攻撃も開始したようである。「ところで綿さん、私が卒業したら、何か言いたいことがあるって言ってなかったか？」

「思い出した……」ばつが悪そうに僕から離れながら、彼女が言う。

「それどころじゃないだろ」僕はつい、大声で答えた。「今からでも逃げよう」

「集電所は電磁シールドが効いていれば比較的安全かもしれないと思っていたが、あんなふうに外部から攻撃されたら、もたないかもしれないな……。君だけでも逃げろ。木暮警視に連絡すれば、来てくれるかもしれない」

「違う。僕は君のことを心配して……」

「心配するなら、他の人たちのことじゃないか？　これから危険にさらされるかもしれないのに」

「やっぱりお前とは、波長が合わないようだな……」僕は思わず、彼女につぶやいた。

「これじゃお前の卒業式どころか、僕たちの葬式になるぞ。言っとくが、僕はお前と漫才やって死にたくないからな」

沙羅華が顔を上げ、僕に聞いた。

「今、何て言った？」

「いや、お前と漫才やって……」

「その前だ」

「僕たちの葬式か？」

「その前……」

僕はまた、彼女に嫌味を言われるのではないかと思いながら、くり返した。

「だから、お前とは波長が合わない」

「それだ」彼女が指を鳴らす。「もっとも波長じゃなくて、位相だが」

「何のことだ？」

「つまり、カノンだよ。卒業式の定番曲の……」

再びパソコンのキーボードを打ち始めた彼女に向かって、僕は首をふった。

「余計、分からない……」

「こう言えばどうかな」ディスプレイを見つめたまま、彼女が説明を始める。「マイクロ波はさっきまで、海上に無限大のマークを描いていただろう。地図上にそれを投影してみて、その中心を通る緯線を横軸、経線を縦軸とすれば、位相の異なる二つの正弦波の、それぞれ一周期分を切り取って組み合わせたように見えなくもない」

僕は頭の中で〝∞〟のマークを思い浮かべながら、彼女の話を聞いていた。

「そこで、〝波の性質〟だ。同じ波長の二つの波がぴったり重なると共振し、強め合う。しかし位相が二分の一波長――つまり百八十度ずれていれば、打ち消し合うんだ。ちょうど、無限大のマークのタイミングだな」

「打ち消し合う？」

僕はくり返した。

「ああ。原理的には、ノイズキャンセラーと言われるものと同じだ。少なくともマイクロ波同士を干渉させて、シャボン玉が七色に見えてしまうのと似た要領で、波形を大いに乱してやることはできる。姉さんは無限大のマークで私を挑発するつもりだったのかもしれないが、思いがけず、ヒントをくれた。『波長が合わない』と言ってくれた、君にも感謝だ」

褒められても素直に喜べなかった僕は、複雑な表情を浮かべているしかなかった。

「でも、どうする？　衛星の制御はあきらめたんだろう？」

「姉さんがワンタイム・パスワードを仕掛けた、アルテミス二号の方はね。けどそこから放出しているマイクロ波に、逆位相の別なマイクロ波をぶつけてやる」

「だから、どうやって？」

「分からないのか？　同規模のマイクロ波を出せる衛星は、もう一基ある」

「アルテミス一号？」と、僕はつぶやいた。

アメリカでの実証実験用に打ち上げられた、双子衛星のもう一つの方だ。確か二号が制御不能に陥ったために、スタンバイしていたはずだった。

「衛星のコンバート・シフトを活用させてもらう」と、彼女が言う。「そこから位相を二分の一だけずらしたマイクロ波を出して、暴走を引き起こしている二号のマイクロ波の射程にぴたりと重ね合わせ、干渉させる。ロボットも自動運転車も、指示された波長と波形にしか反応しないから、それを乱してやるんだ。二号のマイクロ波が首都圏へ移動しても、一号でずっとトレースしてやれば、被害は抑えられるはずだ」

彼女はそれを、〝卒業のカノン作戦〟と名付けていた。

キーボードをたたき続ける彼女を見ながら、僕はうなり声をあげた。

「衛星一基だけでも難儀しているのに、もう一基のマイクロ波をこっちにふり向けるだと？」

「そうだ。方法は少し違うが、カーナビだって、複数の衛星からの時間情報の差を利用している」

「君の理屈ではその通りかもしれないけど、干渉に失敗すれば、被害が拡大するんじゃないのか？」

「心配するな。これ以上、悪くなりようがない」笑顔を浮かべながら、彼女が答えた。

「確かに危険な賭《か》けだが、ワンタイム・パスワードを破れないのなら、他に方法はない」

ここまで彼女の話を聞いていて、ようやく気づいたことを僕はたずねた。

「おい、もう一つの衛星——一号の姿勢制御とマイクロ波の発信はどうする？　アメリカのアルテミSS本社に連絡して頼むのか？」

「そんなことをしていたら、とてもじゃないが間に合わない。それに調整が微妙過ぎて、人任せにもできない。こっちからハッキングして強制起動させてやる」

「やっぱりハッキングするんだ……」僕は思わず、ため息をもらした。「でもそんなイレギュラーな命令は、規約違反で自動的に拒絶されるんじゃないのか?」

「拒絶されても、こっちで無効化《オーバーライド》すればいい」

「それでも逆位相波を重ねるなんて、プログラミングも間に合わないだろう」

「いや、プログラムの変更はそれほど難しくはない。基本的には同期を確認した後に、正弦波の方程式を丸ごと〝二階微分〟してやるとか、あるいは変数xに弧度法でπを足すコマンドを挿入してやるとか、方法はいくつもある」

「理論的にはそうだとしても、マイクロ波でそんな微妙なことができるのか?」

「衛星からのマイクロ波は、レーザー並に精度を上げたと姉さんは言っていた。それが彼女にとって、命取りになるはずだ。それに完全に消去できなくても、乱すことができればいい。あとはロボットたちの様子を見ながら、マニュアル調整だな」

沙羅華はキーボードを打ち続けながら、壊された窓に目をやった。

一台のマルチローダーが、衝突をくり返している。制御室の壁を壊してしまうのは、時間の問題のように僕には思えた。

沙羅華がディスプレイを見つめ直してつぶやいている。

「私たちもどうなるか分からないが、こっちのパイロット・アンテナが壊されるまでにやらないと……」

そして破壊された窓から瓦礫《がれき》を乗り越えて、一台のリコボットが侵入してきた。人型をした作業用ロボットだ。

僕は咄嗟に、その場にあったパイプ椅子のフレームを握りしめていた。

リコボットは、室内の状況をうかがうようにゆっくりと首を左右に動かすと、コンソールでキーボードを打ち続けている沙羅華の方に向かって歩き出す。

僕はパイプ椅子を、リコボットの頭をめがけてふり回した。

衝撃で尻餅《しりもち》をついたリコボットは、顔面に傷がついたものの、すぐに起き上がる。

今度は奴の胸元に、パイプ椅子をぶつけた。

「逃げろ、沙羅華！」

僕は思わず叫んでいた。

「今、ここを離れるわけにはいかない。位相の最終調整がまだなんだ」

「けどこれじゃ、歯が立たない。何とかマイクロ波を止めてくれないことには、本当に怪我じゃ済まない。間違いなく殺されてしまうぞ」

「だから今、やってる」

沙羅華もコンソールから叫び返してくる。

物音がした方向に目をやると、リコボットがもう一台、窓から入り込んでくるのが見えた。

「もう駄目だ……」

そう思いながら、僕は沙羅華に接近を続けるリコボットを、パイプ椅子でたたき続けていた。

しかしリコボットが沙羅華に襲いかかる寸前、後から入ってきたリコボットがそれを制し、僕の目の前で殴り合いを始めたのだった。

「こっちのも動き出したか」と、沙羅華がつぶやいている。

「どうなってるんだ？」

僕は彼女に聞いた。

「すでにパイロット・アンテナ周辺では、同様の戦いが始まっているはずだ。何も命令しなくてもね」

急いで窓の外の様子をうかがうと、確かにロボット同士で争っている様子が見て取れた。

「ただ仲間を攻撃するというのは、ロボット間の倫理上、躊躇された。その間の時間遅延《タイムラグ》はあったが、状況の悪化を見かねてとうとう動き出したようだ」

沙羅華は一号衛星の制御作業を続けながら、僕にそう言った。

「そんな説明じゃ、分からない」

僕が首をふるのを見て、彼女が微笑む。

「変電所の制御室で、依頼されたプログラムのデバッグをやっていたとき、私の携帯のアラームが鳴るようにしただけじゃなく、リコボットとマルチローダーの何台かについては、システムをわざと壊しておいたんだ」

「何だと？」

僕は呆然としながら、リコボット同士の格闘をながめていた。

「デバッグの時点では、アメリカのロボット暴走事故と犯人との関係性が不明だったし、だとすると私のデバッグ後に犯人が自動更新か何かを装って書き換えることもあり得ると思ってね。

けれどもプログラムの更新があったときに拒否すると怪しまれるから、正常に更新されたと見せかけておいて、半数については新規のプログラムを受け付けないよう設定しておいた。それが今、暴徒化したロボットに対して自分の判断で格闘してくれているんだ。集電所だけじゃなく、この受電施設全体でね」

つまり彼女は、デバッグを頼まれておきながら正しいプログラムにはせず、ロボットの半数については独自に書き換えて壊しておいたということらしい。

さすが沙羅華だと、僕は感心していた。この状況にもかかわらず彼女が妙に冷静だったのも、そのためだったのかもしれない。

「けど、それならどうして全部、細工しておかなかったんだ？」と、僕は聞いた。

「私がデバッグをしていたときには犯人が誰か分からなかったし、ロボットの暴走があるかどうかも分からなかった。そもそも全部に細工をすると、私が犯人に怪しまれてしまう。大体半数に細工しておけば他の原因も疑われるだろうし、あとは私たちで何とかできるだろうと思っていたんだ」

彼女がそんな説明をしている間に、僕が傷をつけたリコボットの方が、もう一台のリコボットに馬乗りになり、腕を引きちぎろうとしていた。

「おい、味方のリコボットがもたないぞ」

僕は沙羅華に大声で言った。

「スペックは互角でも、倫理的葛藤《かっとう》がある分、攻撃力に差が生じているようだな」

僕たちの味方のリコボットにとどめを刺すと、顔に傷のある方が再び立ち上がる。

僕はまた、そいつの胴体をめがけてパイプ椅子をふり回さなければならなかった。

リコボットはそんな僕を押し倒し、コンソールの沙羅華に向かって歩き始める。

そしてリコボットが腕をふりあげた直後、彼女は椅子ごと、床に転倒してしまった。彼女のグラスビュアも吹き飛んでしまう。

さらにコンソールのキーボードをたたき壊そうとした瞬間、リコボットは突然、動きを止めたのだった。

上半身を起こした僕は、それを見て安堵《あんど》のため息をもらした後、再びその場に倒れ込んだ。

「効いたのか？　お前の〝卒業のカノン作戦〟……」

「そのようだな」ゆっくりと立ち上がった彼女は、ディスプレイを確認していた。「しかし、安心していられない。これはあくまで暫定措置だ。完全復旧にはやはり……」

沙羅華は制御室のドアに向かっていった。

「おい、どこへ行く？」

僕は体を起こしながら、彼女にたずねた。

「決まってる。兄さんと姉さんを探して、暗号鍵を回収しないと」

集電所の外に出てみると、さっきまでの嵐のような状況は、次第に収まりを見せ始めていた。それでも寒さに変わりはなかったので、僕は沙羅華の肩に、自分の上着をかけてやる。

レクテナ群の方に目をやると、やはり部分的に破壊されていたが、周辺のリコボットもマルチローダーも、その復旧作業に早くも取りかかっているようだった。もっともそれが彼らロボットの本来の仕事なのだから、当然と言えば当然なのだが、さっきまでの混乱が目に焼きついているだけに、僕は不思議な気分を味わっていた。

警察の特殊部隊は目視で確認できなかったが、犯人は施設南部のパイロット・アンテナ付近に潜んでいるものと、まだ信じ込んで活動しているに違いない。

沙羅華は自分のスマホで、理央さんの位置情報を確かめようとしている。

「やはり駄目だな。電源を切っている」彼女は周囲を見回した。「兄さんがやってきたのが、空からじゃないとすれば……」

沙羅華が沖側の突堤の先に向かって走り出したので、僕も彼女の後ろを追いかける。

受電施設の端から真下にある船着き場をのぞき込んだ彼女は、「いた」と、つぶやいた。

僕もすぐに見つけることができた。

風と雨が吹きつけるなかで沙羅華の兄さんは、まるで映画のワンシーンのように、理央さんを抱きしめている。

階段をかけ下りる靴音で、彼は僕たちに気づいたようだ。

ティベルノは、顔だけを僕らの方に向けた。

「こいつは、俺たちが鍛え直してやる。ちょっとは人の気持ちも分かるようにな」

僕は彼に聞いてみた。

「どうするつもりですか?」

すると彼は、「下に仲間を待たせている」とだけ答えた。

ディオニソスのスポンサーが所有しているという海洋調査船〝アルゴ〟に装備されている、潜水艇〝イアソン〟のことではないかと僕は思った。

ティベルノは理央さんを抱きしめたまま、片手を彼女のお尻のポケットへすべらせていった。

そして例の暗号鍵を取り出すと、沙羅華に向かって放り投げた。

しっかりと、それを彼女が受け取る。

「それと、俺はやっぱり、ここにもいなかったことにしておいてくれ」

彼が、船着き場から荒れた海の方に目をやる。

「待って」沙羅華が彼を呼び止めた。「あの……父さんには会わないの?」

「どうせ喧嘩《けんか》になる。死んだふりをしてるに限るぜ。まあ、俺の分まで愛してやってくれ。それと……」彼は沙羅華に向かって、片手をあげた。「卒業おめでとう」

次の瞬間、彼が理央さんをもう片方の手で抱きしめたまま、海へ飛び込んでいく。

「兄さん！」と沙羅華が叫んだときには、もう二人の姿は見えなくなっていた。

僕たちがその場で立ちすくんでいたとき、対岸の方からバラバラという音が聞こえ始めた。警察のヘリコプターかもしれない。

空を見上げた沙羅華は、雨か涙かよく分からない水滴で顔をぐしょぐしょに濡らしながら、「システムの正常化が先だ」と、僕に言う。

そして海に背を向けると、再び階段をかけ上っていった。

春分……（しゅんぶん）

1

制御機能を取り戻した衛星の破壊措置命令は、速やかに解除された。受電施設には警察やアルテミＳＳの関係者が大勢押しかけ、現場検証や緊急復旧作業やらで、その日は僕も沙羅華も徹夜になる。

現場に物証はほとんど残されていなかったのだが、理央さんが犯人だということは、ラモンも証言していた。また彼は、本当は事後承諾だったにもかかわらず、アルテミス一号衛星の制御権を、緊急対応として沙羅華に与えたと言ってくれる。

僕たちもいろいろ聞かれたが、沙羅華の兄さんのことは言わずに、理央さんが暗号鍵《かぎ》を渡した後に海へ飛び込んだと説明した。

明け方になって、木暮警視がスタンバイしてくれていたヘリコプターで、ようやく受電施設を離れることができる。そのころには、春一番の嵐《あらし》もようやく収まっていた。

ヘリの中で、沙羅華が警視にたずねていた。

「私を逮捕するという昨日の話……。まさか宇都井刑事と仕組んだんじゃないでしょうね？」

　しばらく返事をしなかった彼は、苦笑いを浮かべながら「あなたを信頼していた、とだけは申しておきましょう」と答えた。

　僕たちがようやく戻ってきた都心部は、次第に平静さを取り戻しつつあった。マスコミも事態が収拾にいたったことは、沙羅華の功績として報道していた。

　病院に戻った彼女は一休みした後、パソコンを取り出し、サテライト《S》・サン《S》計画のシステムの改訂作業に着手する。

　芥田さんたちとも協力して、二度とこうした事態が起きないよう、特にセキュリティ面を強化するという。またリコボットやマルチローダー、さらに自動運転車についても、それぞれ修正プログラムを提案すると彼女は言っていた。

　破壊された受電施設のアンテナなどは、実証実験の再開に向けて、工事関係者とロボットたちが力を合わせて復旧に取り組んでいる。

　その周辺の海で理央さんの捜索は続けられていたが、衣服なども見つからず、行方《ゆくえ》不明のまま捜索は一旦《いったん》、打ち切られることになった。

「兄さんとも連絡は取れていない」と、沙羅華が僕に言う。

「また会えるさ」

　僕はなぐさめるつもりで、そう言った。

「さあ、どうかな」彼女が首をかしげる。「やはり兄さんは私にとって、反物質みたいなものだったのかもしれない。そして私は、消えた反物質をいまだに追いかけていたようなものだ」

「すべての人間がそうなんじゃないのか？　自分にないものを求め続けている」

「でもそれが、反物質とは限らないことに気づけたような気はする。そういうものなら、この物質世界にだって……」

彼女は何故《なぜ》か僕から目をそらすと、窓の外を見つめていた。

沙羅華に警護のアドバイスを依頼していたラモンは、しばらくしてガードマンたちとともに、無事アメリカへ戻っていった。

その一方で事件の影響もあってか、ネットでは彼に関する書き込みが急増している。政界との癒着やインサイダー取引疑惑など、彼にまつわる黒い噂《うわさ》も次々に蒸し返されていた。

そんななか、人をベースとする違法な遺伝子操作を指揮したのではないかという疑惑についても、新たな書き込みがあった。匿名ではあったものの、ゼウレトによって秘密裏に操作されていた遺伝子情報などを、動かぬ証拠として公開したのだ。

これこそディオニソス・クラブの仕業ではないかと思って、僕は見ていた。

僕と沙羅華は以前、アポロン・クラブに所属していた天才を、本人の希望によってディオニソス・クラブに加入させる手伝いをしたことがあった。おそらくその彼が、自分の情報を公開したのかもしれない。

すでに時効は成立しているという見方がされていたが、この書き込みの影響は大きく、道義的責任により、ラモンはすべての職を辞任すると発表した。

彼の失脚にともない、ゼウレトの経営陣も刷新されることになる。

そうした対応に関しては市場も一定の理解を示していたようで、ゼウレトもアルテミSSも、倒産の危機は辛うじて免れるのではないかとみられていた。

事故で負った傷もほぼ癒《い》え、コルセットを外す許可も出た沙羅華は、三月八日の金曜日に退院して東京を離れることになった。その後は自宅に近い病院に通って治療することになる。

芥田さんたちとのシステム修復に関する打ち合わせなどをこなしながら、ようやくその日がやってくる。

僕やお母さんと一緒に病室を出た彼女が玄関に向かうと、そこには看護師さんやお医者さん、それからアルテミSSの社員たちの他、彼女に災害の危機から救ってもらったと言っていい何十人もの一般市民たちが、両サイドに分かれるようにして並んでいた。その中には、子供をつれた佐倉の奥さんもいる。

こういう趣向は僕も聞いていなかったのだが、沙羅華は僕以上に驚いているようだった。

そして主治医の先生が代表して彼女に花束を渡すと、一斉に拍手が巻き起こる。

沙羅華は戸惑った表情でそれを受け取り、「私が人から祝福されるなんて……」と、つぶやいていた。

みんなの拍手に包まれていた彼女は、何故か逃げるようにしてタクシー乗り場へかけ込んでいく。

僕もお母さんも、そんな彼女に続いてタクシーに乗り込んだ。

追いかけてきた佐倉が、後部座席に座った僕と沙羅華に向かって、「お幸せに」と言っている。

僕は手をふりながら、「それは違う」と答えた。

ふと横を見ると、沙羅華も黙ったまま首を横にふっている。

僕は彼女に聞いてみた。

「花束までもらったのに、どうして走って逃げたんだ?」

「だって、照れくさいじゃないか」と、彼女が言う。

拍手はいまだに続いていたが、僕たちは車を出発させることにした。

「私のような者でも、少しは人の役に立てたということか?」

そうたずねる彼女の肩を、僕は軽くたたいてやった。

「そうだ。だからちゃんと、みんなの気持ちに応《こた》えてやらないと」

すると彼女は、動き出した車の窓を開けて、後ろをふり返った。

そして「ありがとうございました」と大きな声で言いながら、みんなに向かって大きく手をふり始めたのだ。

それは角を曲がって、みんなが見えなくなるまで続いた。

ようやく車の進行方向に顔を向けた彼女は、独り言のようにつぶやいていた。

「今回のことで、アルテミSSからの支払いがいくらになるのかは知らない。でも……」

そして彼女は花束で顔を隠すと、肩を震わせていた。「こっちの方は、私には多過ぎる報酬だ……」

新幹線では、お母さんが僕に気を使っているのか、「じゃあ沙羅華のこと、お願いしますね」と言って、一つ前の席に向かっていく。

僕は、少し落ち着きを取り戻した彼女を窓側に座らせた。

そして「大丈夫か?」と、彼女に聞いてみる。「さっきはどうした? いつもの君にしては珍しいな」

「何だかくすぐったかったんだ。子供のころから、勉強とかで褒められたことはしょっちゅうあったけど、あんなふうにみんなから感謝されたり祝福してもらったりしたことというのは、ほとんど記憶になくて……。今まであまり経験したことのない、妙な気分だった」

「それで逃げ出したと?」

「一瞬、どうしていいか分からなくなったんだ。でもあのとき、何て言うか、予感みたいなものも感じていた」

「予感?」

彼女は小刻みにうなずいた。

「神が仕掛けたかもしれない、パズルの話さ。その最後のピースなんて、ずっと見当もつかなかったけれど、あのとき、いつかは見つかるんじゃないかという予感がしてきたんだ」

「最終理論のことか？」と、僕は聞いた。

「そうじゃない。受電施設で兄さんが言ってくれたことも、ヒントになると思う」

「君の兄さん、そんなこと言ってたっけ？」僕は首をかしげた。「僕はそれどころじゃなかったけどなあ……」

「まず、科学的に答えを導き出そうとしていた私は、確かにものを分けることによって理解しようとしていたんだと気づかされた。その方法を、疑うことさえせずにね。でもどうやら、分けないことで分かることもあるようだ」

「どういうことだ？」

「私は何の因果か、〝自分とは何か〟に囚《とら》われて、宇宙の謎《なぞ》を追い始めた。でもそういうスタンスで意味を探し続けても、得られるものは限られているようだ。君が前に言ってくれたように、自分と他の存在との間にあるものにも、ちゃんと注目すべきだった」

「そんなことを、僕が？」よく思い出せなかったが、彼女の入院中、病室でそんな話をしたかもしれない。「で、間にあるものとは？」

「この宇宙が成立するために必要な素粒子は、陽子や中性子を構成する〝クォーク〟や、電子やニュートリノのような〝レプトン〟だけじゃない。パズルを解くには何か足りないと思ってはいたんだが、それが〝ゲージ粒子〟的な役割だったんだ」

僕は頭に手をあてた。

「クォークだろうがレプトンであろうが、そうした素粒子がいくつあっても、お互いがお互いに気づけない。それらをつないでくれる、何かがないと」

「それがゲージ粒子なのか？」

沙羅華は一つうなずいた。

「相互作用——分かりやすく言えば力を伝える素粒子群で、光子や重力子もその仲間だ。人間だってクォークやレプトンと同じで、素粒子のままでは何も始まらない。この宇宙に何らかの意味があるとすれば、そうした個々の素粒子にではなく、それらが相互作用によって巻き起こす、反発や結合の方じゃないだろうか。

そうした力が働かなければ、素粒子はまわりのことも何も見えず、いつまでも孤独な粒のままだ。素粒子は他と相互作用して、原子に、そして化合物になっていくべきなんだ。そうでなければ、自分に生まれた意味なんて、いつまでも分からない……」

僕は彼女の言ったことを、頭の中で反芻《はんすう》していた。

「要するに、自分と、自分とは異種なものの他に、それらに相互作用を及ぼすものの役割を無視できないということか？」

「ああ。自分一人で分かろうなんて、おこがましかった。一人じゃ、生きていることの意味さえ分からないのかもしれない。前に君から、『自分のためだけに生き続けることはできない』と言われたことがあったが、それも少し理解できたような気がする。

「また物理の話か……」

私が囚われ続けてきた〝自分とは何か〟も、兄さんが言っていたみたいに、きっと他の人との関係によって明らかにされていくんじゃないかと思う。素粒子の世界を、相互作用が有機的に結びつけているようにね。だからまわりのどんな生き物も、自分がここに在るために必要なものなのかもしれない」

僕は漠然と列車内を見渡しながらつぶやいた。

「人同士がお互いを認識して引かれ合ったり反発し合ったりするのも、きっと素粒子にも通じる宇宙の真理なのかもしれないな……。そう言えば今回の人工衛星のトラブルだって、一基だけでは解決しなかったのに似てるかも」

僕がそう言うと、彼女は微笑《ほほえ》んだ。

「卒業のカノン作戦か……。パッヘルベルの『カノン』も、一つの旋律はどこか物憂げで寂しそうにも思えるが、重なって響き合えば、別次元の感動をもたらしてくれる……。けれども私は、人と向き合うことにずっと身構えていた。

でもさっき、みんなから祝福してもらったとき、そんなことは誰にも感じる必要がないという気がしたんだ。理論ではとても得られないような、感動もおぼえた。そして生まれたことにも、みんなと出会えたことにも感謝する気持ちになれた……」

彼女は急にシートを倒すと、「しばらく休ませてくれ」と言い、ハンカチで顔を隠した。

さっきのことが頭をよぎったのかもしれないと思いながら、僕は窓のシェードを下ろしてやった。

相変わらず彼女の説明は難しく、特にゲージ粒子のことなんて僕にはよく理解できなかったのだが、彼女が自分なりの方法で何かを得たのだとすれば、僕もゲージ粒子とやらに感謝してみようかと思っていた。

2

沙羅華とお母さんを家まで送り届け、自分のアパートに帰ってきた僕は、一休みしてからメールをチェックした。

サイエンタ出版の丸山さんから、原稿の進み具合を確認するメールが届いている。

いつものように沙羅華とドタバタやっているうちに、いつの間にか三月末という締め切りが間近に迫っていた。しかも出版社に提出する前に、沙羅華の了解も取っておかないといけなかったのだ。

というわけで、僕はもう一踏ん張りして日記の整理を続けることにした。

そして翌日の土曜日には、大学のゼミなどでいろいろあった二〇二八年分については、何とか沙羅華や丸山さんに見てもらえる形になったと思う。原稿のタイトルはまだ決めていなかったが、それはみんなの意見も聞いて考えればいいだろう。

読み直しているうちに、彼女が高校に編入することを決めた三月から四月ごろの記述も付け足した方がいいのではないかという気もしてきたが、とにかく今までまとめた分を先に沙羅華に見てもらうことにした。彼女とは明日、〝むげん〟内にある畑で会う約束をしているので、そのときに渡すことにする。

僕は原稿をプリントアウトし、鞄《かばん》の中に入れておいた。

三月十日の午後、沙羅華は入院していたときと同じ、青いジャージ姿で畑に現れた。

〝むげん〟にある自分の事務所、SHIで着替えてきたらしい。

それから僕は彼女と一緒に、タマネギやエンドウなど、春野菜の収穫作業を黙々と続けていた。これをデートと言えばそうかもしれないが、僕はまだ本調子じゃない彼女が無理をしないよう、見ておいてやらないといけなかった。

「キャベツばっかり、こんなに食べられないよね」

腰を上げて、彼女が言う。

「鳩村先生たちにも分けてあげればいいじゃないか」と、僕は答えた。

二人で結構な運動量をこなした後、少し休むことにする。

「まだこれから春だというのに、今日はまるで夏みたいだな」

畑と駐車場の境界のあたりに腰を下ろしながら、僕はつぶやいた。

「確かに」と、彼女が答える。

「これで夏になると、一体どうなるんだろう……」

ペットボトルのお茶を口にして空をながめていたときに、ふと理央さんのことが僕の頭

ないかもしれない。でも……」

「さあね」彼女が首をふる。「私も似たようなことは考えていたから、非難はできないか

をよぎった。

「温暖化対策って、やはり車を壊すぐらいのことをやらないと駄目なのかなあ」

もしれない。でも……」

彼女は口ごもり、畑の畦《あぜ》に目をやった。

「でも、何だ？」

「少なくとも彼女は、畑仕事をしたことがないから、ああいう発想しか出てこなかったよ

うな気はする」

彼女が見つめる先に、咲き始めたばかりのタンポポがあることに僕も気づいた。

「確かに温暖化対策にしろ、エネルギー問題にしろ、こいつらとの付き合い方のような気

がしないでもない」僕は足元の雑草に触れてみた。「こいつらが頑張ってくれているうち

は、この星もまだまだ大丈夫かもしれないな」

「こうして植物に触れていると、他者に生かされていることも実感せざるを得ない。何だ

かんだ言っても、人間、彼らの出してくれる酸素で生きているんだから」

彼女の言う通りかもしれないと、僕は思った。

そしてこの星に植物がいてくれる限り、人類はともかく、動物は何とかなるのかもしれ

ない……。

「そうだ」僕は自分の膝《ひざ》をたたいた。「忘れないうちに、本のことを言っておかないと」

「まとまったのか？」と、彼女が聞いてきた。

「ああ、大体。あと少し残ってるけど、先に整理できたところまで君に見ておいてもらった方がいいかなと思って……。タイトルも考え中だけど、『宇宙の作り方』なんてどうかなと思っている」

「分かりやすいが、ひねりがなさ過ぎるな」

「じゃあ、『神のパズル』は？　ゼミの最初に、鳩村先生が言っていた言葉だ」

「それは悪くないが……、ちょっと硬くないか？　それより、肝心の原稿は？」

「ああ、持ってきた」僕は鞄に手をあてた。「帰りに渡そうと思っている」

「じゃあ、あとで楽しみに読ませてもらうよ」彼女は僕を見て微笑んだ。「高校生活も楽しかったが、こうして綿さんとすごした課外活動も、楽しかった……」

いつもなら、こんなひとときを過ごしてから僕が新たな依頼を持ち込むのだが、今回はちょっと違っていた。彼女の進路を確かめてからでないと、次へ進めないのだ。

そのことについては僕もいまだに言い出しかねていたが、やはり……。

やはり今の彼女にとっては、広く社会と接した方がいいのかもしれないと、僕は思い続けていた。つまり森矢教授が望んでいるように、アメリカに留学した方が彼女のためになるのではないかということだ。僕なんかと一緒にいるよりは、である。東京からの帰り道に彼女が僕に語った、パズルが解ける〝予感〟のためにも、今はもっと、いろんな人と触れ合うべきだと思うのだ。

僕にしたって、いつまでも彼女の〝おまけ〟ではなく一人前になりたいのなら、一度彼女から離れるべきなのかもしれない……。

けれども二人ともその話題を避けていたためか、妙な沈黙がしばらく流れた後、彼女から切り出した。

「じゃあ、四月からも、よろしく」

「え？」

僕は聞き返した。

「浪人することは、前にも言っただろ？」

「でもあのときは……」

「そうさ。父さんを早くアメリカへ返すために、そう言い張った。でも今はそんなことじゃなく、他のちゃんとした理由で、来年また日本の大学を受けることに決めたんだ。主任研究員の話は一年遅らせてもらうけど、〝むげん〟で研究を続ける。だから、これからもよろしく」

僕の方こそ……。

そう一言言えば、それで済んだことだったかもしれない。

しかし僕は、「他の理由？」と、たずねたのだった。

次第に胸の鼓動が激しくなっていくのが、自分でもよく分かった。

「実はこの前、佐倉君から電話をもらって……」と、彼女が答える。

彼の名前が出てくると思っていなかった僕は、少し驚いていた。

「彼は、何て？」

「もちろん、今回のことのお礼を言ってくれた。それから、『綿貫君のことを、どう思っているのか』って……」

どうも彼は、依頼のときに僕と交わした約束を、ちゃんと覚えてくれていたようだ。

「それで、何て答えたんだ？」

「いつもの調子で返事をした。そしたら、『俺はともかく、綿貫には本当のことを言ってやれよな』って……」

彼女は体を僕の方に向け、一瞬、僕と目を合わせた後に顔を伏せた。

「ありがとう」そう言って、ペコリと頭を下げる。「君の看病は相変わらずぎこちなかったけど、嬉《うれ》しかったし、頼もしくも思えた。私が浪人するのは、〝むげん〟での研究活動だけが理由じゃない……。本当は、君と一緒にいたいんだ」

いつもとは違う彼女の様子に戸惑いながら、僕はたずねた。

「どうして？　僕なんて、何の取り柄もないのに」

「私だって、君に迷惑かけてばかりだ。それでも君といると、何だか心地よかったんだ。天才としてもてはやされ、おとしめられ、どこにも気持ちの持って行きどころのなかった私が、やっと見つけた居場所だと言ってもいい」

「君にとっては、兄さんがそういう人だったんじゃ？」

「兄さんとはまた違う。知能のことを気にして言っているのかもしれないが、君だって、優れたものをいっぱい備えている。素朴さとかやさしさとか、人への思いやりとか。それらは、私にはとても手の届かないような尊いものだ。

私もどれだけ君のやさしさに救われ、どれだけ多くのことを君から与えてもらってきたか……。自覚はないかもしれないけれども、私にとって君は、とても大切な存在だったんだ。だから、これからも私といてほしい……」

それで僕が彼女の肩にでも手をかければ、それで済んだことだったのかもしれない。けれどもそのときの僕には、それが素直にできなかった。彼女はようやく芽生え始めた感情を、親しみやすいという理由でまた僕一人にぶつけようとしているように思えてならなかったからだ。

「でも、君は僕だけじゃなく、もっといろんな人にそういう気持ちをもつようになるべきじゃないか」と、僕はつぶやいていた。

「何だって?」意外だという表情を浮かべながら、彼女は僕を見つめた。「確かに私はもっと大人にならないことには、みんなを傷つけてばかりになる。父さんの言う通り、外に出て学んだ方がいいのかもしれない。でも私は、君とこうしていたいから……」

そう言うと彼女は、僕の手を握りしめた。

それを握り返してやれば、そして人目も気にせずに抱きしめてやれば、それで済んだことだったのかもしれない。

けれども、彼女はこんな小さな畑で僕といるような人間じゃないと思い、僕はドキドキしながらもその手をふりほどいた。

「いいか？　ちょっと考えてみろ。友情と恋愛を一緒にすべきじゃない」

こんなことを彼女に語っているという状況に、僕は自分でも驚いていた。

「どうして言ってくれない？　アメリカなんか行くなって。僕のそばにいて、また無茶《むちゃ》をやって困らせてくれればいいって……」

彼女は、少し涙目でそう訴えていた。

「だから、君はまだいろいろ学ばねばならないんだ。僕だけじゃなく、いろんな人からの刺激を受けながら……」

「でも君といれば、前みたいに、自分のことでそんなに悩まないでいられる」

「君に教えられることなんて、僕には何もないのに？」

「違う。そうじゃない。君のそばにいると、何だか自分も生きている気がするんだ。間が抜けていて、いつもドジだけど、それでも一緒だと、私が生きていることも実感できた。宇宙の真理とはまったく無縁の君とのバカ話が、私には幸せなひとときに思えていたんだ」

彼女は、再び僕の方に肩を寄せてきた。

僕の心の中で「今だ」という声が反響していたが、もう一人の僕が、それを拒み続けている。

「違う」僕はようやく声を絞り出した。「僕だけじゃなくて、いずれは誰といてもそうなるべきだと言っているんだ。他のみんなもきっと、君を支えてくれるはずなんだから。だからこの際、俺一辺倒からも卒業しろ」

彼女は「嫌だ」と言うと、不満そうに口をとがらせている。

このままでは埒《らち》が明かないと思った僕は、次の手に出る決心をした。心が揺れている彼女のためには、僕の方からこうしてやるしかないと思ったのだ。

「もう、俺にはかかわるな」

そう言って、僕は腰を上げた。

「え?」彼女も立ち上がり、僕を見つめる。「どうして急に、そんなことを?」

「急なんかじゃない。これ以上、お前のわがままにふり回されるのはこりごりなんだ。何が〝生きている実感〟だ。こっちはずっと、生きている気がしなかった」

彼女は首をふりながら、僕の腕をつかんだ。

「そんな……。綿さんの言葉とも思えない」

「これが本心さ。お前の面倒をみさせられるのは、もうたくさんだ。しかも今まで散々〝絶交〟を乱発しやがって。本当の絶交とはどういうものか、俺が見せてやる」

僕は唾《つば》をのみ込み、彼女の腕をふり払うと、「もうお前とは、絶交だ!」と大声で叫んだのだ。

呆然《ぼうぜん》としたまましばらく僕を見つめていた彼女は、次第に唇を震わせ始める。

そして「綿さんの馬鹿《ばか》」と叫び、自分の事務所がある〝むげん〟の方に駆けていった。

そう、僕は大馬鹿者だ。彼女に言われるまでもない……。

畑の後片付けをしながら、僕は今別れたばかりの彼女に、独りで語りかけていた。

沙羅華……。僕と絶交するかわりに、他のいろんな人と付き合え。付き合って、より多くのことを学び取れ。そうして、より素敵《すてき》な女性になって、また帰ってきてくれればいい。できればまた、僕のところへ……。

僕は苦笑しながら、首をふった。やっぱり、それはないか……。

収穫した春野菜のいくつかは、守衛さんに頼んで、鳩村先生の観測室に届けてもらうことにする。

例の原稿を沙羅華に渡し忘れたのを思い出したのは、車で〝むげん〟を出てしばらくしてからのことだった。


その日の夜、森矢教授から早速お礼の電話がかかってきた。沙羅華が教授の希望通り、アメリカのＩ大学への進学を決心したというのだ。

〈大学では、教職課程も取っておきたいと言い出してな〉と、彼が言う。

「彼女が、先生になる勉強を？」

〈ああ。自分のことだけに囚われていたあいつが、先生になりたいとはな。自分と似たようなことで悩み苦しんだ人たちの力になってあげられたらと言うんだが、一体どういう風の吹き回しだか……〉

教授の声は、いつになく嬉しそうに聞こえた。

〈さて、これで彼女がTOEを見いだしてくれれば、もう言うことはない。TOEが人類にもたらす恩恵は、計り知れないからな〉

「でも彼女、そっちはともかく、彼女にとってより重要な問題を解くヒントを見つけたようですよ」

〈どういうことだ?〉

「さあ……。ゲージ粒子がどうとかこうとか言ってましたけど……」

〈ゲージ粒子?〉教授は不思議そうに言った。〈まあいい。沙羅華が何かに気づくきっかけになったのなら、いろいろあった今回の件も、意味があったのかもしれない。さて、前にも言った通り、留学に備えてアメリカへは早めに引っ越させるつもりだ。できれば三月中に下見をさせて、アパートも決めておきたい。新生活にも、早く慣れさせてやらないとな……。彼女は何も言わなかったが、君がいろいろと口添えしてくれたんだろ?〉

「いえ、僕は何も……」

〈とにかく、君には感謝している。本当にありがとう〉

彼の喜びにあふれた声を聞きながら、僕は電話を切った。

それから僕は冷蔵庫から缶ビールを取り出し、一気に飲み干した。

これで僕の役目も終わる……。

話が長くなるので教授にはちゃんと伝えなかったが、沙羅華と交わした〝最後のピース〟の話を、僕は思い出していた。

　そうしたことに彼女が気づくきっかけにもなったとするなら、僕も言うことはないのである。人間関係で辛《つら》い思いをしてきた彼女には、なかなか分からなかったことなのだろう。けれども彼女が本当にそれを理解し、また実践することになるのは、まだまだこれからなのだ。さらにいろんな人と出会い、いろんな出来事に遭遇しながら、その都度成長していくことになるのではないだろうか……。

　そんなことをぐずぐず考えているうちに、僕はいつの間にか眠ってしまっていた。

3

　沙羅華が留学を決めた影響は、たちまち各方面に広がっていった。

　翌日には鳩村先生から僕に電話があって、沙羅華の主任研究員就任の話は、延期ではなく正式に辞退するという連絡が彼女からあったという。鳩村先生には、僕の方からも事情を補足説明させていただいた。それから昨日の春野菜のお礼を言われたので、沙羅華を見かけたら、彼女にも少し渡してほしいとお願いしておいた。

　その後、噂を聞いたらしい大学院生の須藤からもメールが届く。

〈おい、穂瑞とコンビ別れするんやてな。気が知れんわ。お前、それでええのか?〉と、彼からのメールは何故か、文章まで関西なまりなのだった。

僕の会社だけでなく親会社のアプラＤＴにも、沙羅華から社長宛《あて》に、無期限で業務から手を引きたい旨のメールが届いたという。あらかじめ僕から情報を得ていた樋川社長は、今回彼女に怪我《けが》を負わせたこともあり、これ以上彼女に負担を強いるのも申し訳ないと判断したようだった。

緊急会議の席で彼は、僕と守下さんに「いつまでも穂瑞先生のご厚意に甘えているわけにもいかない」と言っていた。

そうしてコンサルティング部特務課内に設けられていた特捜係——別名〝沙羅課神係〟の解散は、呆気《あっけ》なく決まったのである。今後舞い込んでくる仕事は、特務課全体で極力フォローする。

社長が特捜係の解散を今年度中——つまり三月末までと決めたために、僕たちは解散に向けてあわただしい日々をすごすことになった。

その一方で四月からのことも、バタバタと決まり始めている。

守下さんは社長室に転属し、社長秘書になる。

僕のカウンセリング部への異動も内定していた。先輩諸氏のご指導を仰ぎながら、来年度からは見習いのカウンセラーになる予定だ。

自分のアパートに戻った僕は、例の日記の整理が、まだ少し残っていたことを思い出した。どうしたものかと思わないでもなかったけれども、やりかけたことなので、やってしまうことにする。

そして自分の構想通り、彼女が高校に編入したところまで、何とかまとめ上げた。彼女とのドタバタはこの先も続くのだが、内容的にも原稿の量的にも、ここらあたりで一区切りということでいいだろう。

原稿を読み直していて、出会った当時十六歳だった彼女が、今ではもう十八歳になっていることに僕は気づいた。僕にとっても彼女にとっても、大切な時間だったことは確かだ。あれこれ考えた末、題名は『神様のパズル』に決めた。ペンネームなんかはともかくとして、沙羅華からバレンタイン・チョコの代わりにもらったアルバイトも、これで一段落となる。

ただしこの原稿、沙羅華のＯＫをもらわないといけないのだが、僕が後先を考えず、彼女とは絶交してしまっている。サイエンタ出版編集部の丸山さんには事情を説明して、ボツにしてもらうしかないのかもしれない。

とは言っても、僕と彼女の記念の原稿には違いないのだから、いつかアメリカで落ち着いたころを見計らって、彼女には送ってあげようと思った。

〝むげん〟では、須藤が幹事になって送別会をやろうという話が持ち上がったようだが、肝心の沙羅華が断ったらしい。確かに、自分の送別会にのこのこと顔を出すような女じゃないのだ。それはうちの会社の場合も同じだった。

沙羅華の事務所兼研究室であるＳＨＩは、彼女の留守中、鳩村先生が管理をまかされることになっていた。ただ空き室にしておくのはもったいないということで、鳩村先生がゼミ生たちのために使う予定だという。彼女がいないＳＨＩは、さらに殺風景になるのかとばかり思っていたが、案外、にぎやかになるのかもしれない。

〈君の荷物もあるから、取りにきてね〉という、鳩村先生からの連絡を受けて、〝むげん〟内にあるＳＨＩに、顔出しすることにした。

机やキャビネットは鳩村先生がまた使うので、そのままになっている。けれども沙羅華の荷物は、すでに業者が運び出した後だった。もちろん、彼女もここにはいない。

しかしここは、彼女との思い出が一杯詰まった場所であることに変わりはなかった。彼女とゼミで一緒だったときには、彼女がここに閉じこもったために、みんな大騒ぎになった。また彼女がタイムマシンの実験をしたときには、ここに僕と二人で閉じこもったこともあった。ついこの前のことなのに、随分前のような気もする……。

僕に関係する荷物は、すでに部屋の片隅にまとめられていた。僕が彼女に渡した、依頼に関する書類や資料がほとんどだったが、その他にコスモスの造花を入れた一輪挿しの花瓶とか、合格祈願のお守りなどもあった。いくら絶交したとはいえ、それらは彼女にあげたものだから、僕が持って帰るのもおかしいような気がしないでもない。

僕は花瓶の口の部分にお守りをぶら下げ、キャビネットの上に戻しておいた。そして鳩村先生に頼み、しばらくこの部屋に置いてもらうことにした。

4

三月二十日の春分の日に、沙羅華がアメリカへ向けて旅立つことに決まる。空港までの見送りには、鳩村先生はもちろん、須藤も行くと言っていた。

けれども僕は、「本当の絶交とはどういうものか見せてやる」と啖呵《たんか》を切った手前、仕事を口実に失礼させてもらうことにする。

これで良かったんだと、僕は何度も自分に言い聞かせていた。これで彼女には科学者として、また人間としても、輝かしい未来が待っているのだから。僕なんかにはこだわらず、もっと広い世界で大きな人間になってもらいたい……。

僕は自分の携帯から、沙羅華の電話番号とメールアドレスの登録を抹消しておいた。

そして僕は、事務所で荷物整理を続けていた。

「三月は別れの季節」だとよく聞くが、これほどヘビーな別れは初めてかもしれない。こんなに苦しいのなら、むしろ出会わない方がよかったとも言えるけれども、そうは思いたくない。出会っていなければ、彼女は引きこもったままだったかもしれないし、僕だってきっと留年して、就職もできていたかどうか……。

いや、そんな社会生活がどうのこうのじゃなく、僕たちにとってはそれ以上の出来事だった。〝成長〟と言えばそれまでかもしれないが、お互い、多くのことを与え合えたと感じられるのは、出会えたからこそなのだ。

ショックが和らぐまで、彼女を思い出すような情報はなるべく見ないようにするつもりだったが、収穫を終えた畑を放《ほう》っておくわけにもいかない。次の日曜日に僕は、キュウリ、ナス、トマト、ピーマンなどの、夏野菜の種をまいたり苗を植えたりすることにした。ひたすら農作業を続けたあとに、腰を起こして汗をふく。じっとしているとつい考えてしまうことでも、こうしていると、不思議とあれこれ考えないものだ。

僕はまた、畑で汗を流すことにした。

事務所の整理の方もようやく片付いたとき、鳩村先生から電話があった。

〈SHIに観測室の荷物を運び込むので、綿貫君も手伝って〉と、言うのだ。

「学生さんがいるじゃないですか」と、僕は答えた。

〈みんな卒業しちゃって、駄目なの〉

「じゃあ、大学院生の須藤は？　彼がいるでしょう……」

僕の仕事じゃないと思って断ろうとしても、

〈それと、あなたの私物がまだ残っていたから取りに来てほしい〉とか、〈あなたがまとめたという原稿、私も是非読ませてもらいたい。一部コピーしてもってきて〉などと言って、しつこく頼むのだった。

仕方ないので、ついでに畑の様子をみることにして、僕は次の日曜日にまた〝むげん〟へ行くことにした。

三月三十一日、車を走らせながら窓の外をながめていると、あちこちで桜の花が咲きつつあるのを見つけた。季節は確実に変わり始めている。

言うまでもなく明日から新年度である。また、エイプリルフールでもある。

〝むげん〟に向けて運転を続けながら、須藤あたりを引っかけて笑い合えるような嘘《うそ》を考えてみたものの、何も思い浮かばない。そもそも僕は、だますより、だまされるタイプだから、それも仕方ないかと思った。

〝むげん〟に到着した僕は、エレベータでクロスポイントに向かい、まず鳩村先生の観測室に顔を出した。けれども先生の他に、誰もいない。

「引っ越しは？」と、僕はたずねた。

先生が「もう済んだわよ」と、答える。

「じゃあ、何で僕を？」

鳩村先生は、悪戯《いたずら》っぽい目で微笑んでいた。

「実は『忘れ物をした』とか言って、穂瑞さんがとんぼ返りしてきたの。最後の最後まで、彼女にはふり回されっぱなしよね……」

それは僕の台詞《せりふ》だと思いながら、先生にたずねた。

「それで、彼女は今？」

先生は黙ったまま、ＳＨＩのある方向を指差す。

「先生、知ってたんですか?」と、僕は聞いた。

「エイプリルフールよ。一日早いけど」先生は舌を出しながら、僕に言った。「いいから、行ってあげなさい……」

僕はバレンタインとエイプリルフールが一緒に来たような心持ちで、先生の観測室を飛び出した。

そして駆け足でSHIの前までたどりついた後、部屋の前で少し呼吸を整える。

ドアの鍵は開いている。

ゆっくりと足をふみ入れたとき、パッヘルベルの『カノン』が聞こえてきた。

それに重なるように、ノートパソコンのキーボードをたたく音がする。

いつものように机に向かう彼女が、微笑みを浮かべていた。

その様子を僕が呆然とながめていたとき――、

「バイトはもう済んだのかね、綿さん」と、彼女が言った。

その声が少し大人びて聞こえたのは、気のせいだろうか。残念ながら、ここで本当の絶交とはどういうものかを見せつけてやれるほど、僕は見上げた奴《やつ》ではないのだ。

それからの僕と彼女は……。

幸せ過ぎて、もう日記にも書けない!

あとがき

「主人公の穂瑞沙羅華《ほみずさらか》が、その天才的な頭脳で難事件を解決する——。そういう話を書いてほしい」

正確な言葉は覚えていないのですが、角川春樹《かどかわはるき》氏から直接そう言われたのは二〇〇八年六月七日、映画化された『神様のパズル』の初日舞台挨拶《あいさつ》の直前でした。

その一言だけで、求められているものは明解にイメージできました。『〇〇の事件簿』的な類似のミステリーなども、いくつか頭の中に浮かんできました。

しかし僕は、即答できなかったのです。当時の僕には、誘拐、殺人、テロなどの事件性の強い素材をエンターテインメントとしてストレートに取り扱えるような、自信もモチベーションもまだ十分にはなかったからです。

ただし——これも正確には覚えていないのですが、僕がデビューしたときに小松左京《こまつさきょう》先生から、「SFはエロスもバイオレンスも広げられる」という主旨のアドバイスをお聞きしたことを思い出し、そういう広げ方で何か書けないだろうかと考え始めました。

それで、自分の問題に囚《とら》われている主人公が、さまざまな事件を通して、動物愛、家族愛、異性愛などを経験し、やがて〝アガペー〟――無償の愛にいたるというシリーズの大枠を思いつきます。

そうした試行錯誤にはそれなりの時間が必要でしょうから、最初、主人公の沙羅華が一作ごとに一つ年を取るというふうに構想していました。けれども当時の編集担当さんにも相談し、主人公の旬な魅力を活《い》かしたいという思いから、『神様のパズル』終了直後の十七歳から間をおかずに続けていくことにしたのです。

もっとも主人公を高校三年生とすると、物理学の天才少女という特異な出自とも相まって、家族愛や異性愛をめぐる事件も彼女には相当な難題でしょうし、掲げたテーマに対して幾分未消化となるのではという不安もありました。それでも、今後主人公がさらに年を重ねることによって、他の登場人物たちと経験した日々を思い出し、理解を深めてくれることを期待しながら、執筆を始めたわけです。またこうしたことは、学校の授業ではなかなか習う機会がないのではないかとも思ったので、シリーズタイトルに「課外活動」とつけました。

各巻とも基本的に、どの話からお読みいただいても支障ないようその都度配慮したつもりですが、今回は主人公の卒業記念として、今までの関連作品の裏話(ネタバレ注意)をいくつか披露させていただきたいと思います。と言っても、あまりたいしたネタではないのですが……。

『神様のパズル』は僕のデビュー作で、穂瑞沙羅華が初登場する作品でもあります。

主人公を、かの名探偵——シャーロック・ホームズを想起させるような人物名にすることは早くに思いついていたものの、どんな漢字をあてればいいかはあれこれ考えました。かなり前のことなので記憶も曖昧《あいまい》ですが、関西のある交差点で「瑞穂《みずほ》町〇丁目」という標識をながめていたときに、「あ、これはどうかな」と思ったような覚えがあります。このときには場面設定の一つを田んぼにしようと決めていたので、「瑞々《みずみず》しい稲穂」という意味の「瑞穂」の語順を入れ替えて穂瑞としました。

相棒役は必然的に、ワトソンの立ち位置から呼び名を「ワタさん」としたかったために、「綿」の一字だけ先に決まりました。小説は彼の一人称で書くことも決めていたので、作者自身が投影しやすいよう、名前の間に作者名の〝きもと〟を入れて、綿貫基一《わたぬきもとかず》としたわけです。

主人公を穂瑞、相棒を綿さんにしたノリで、鳩村《はとむら》先生はハドソン夫人、須藤《すどう》はレストレード警部、大学院生の相理《あいり》はアイリーン・アドラー、そして森矢《もりや》先生は、あのジェイムズ・モリアーティ教授からそれぞれ着想を得ています。

『パズルの軌跡』から、「課外活動」シリーズが始まります。

また残っていた設定メモによると、「自分とは何か」という問いに宇宙論をかけ合わせた『神様のパズル』に対して、ここでは存在論などをかけ合わせることを考えていたようです。

沙羅華の兄、〝ライフロスト〟ことティベルノ・アスカが初登場しますが、彼のハンドルネームはこれも悪ノリで、ホームズの兄のマイクロフト・ホームズを意識して名付けました。

さらに設定メモを見直すと、ホームズのシリーズでマイクロフトが初登場する『ギリシャ語通訳』を参考にしようとしたみたいなのですが、結果的に目隠しして移動するところとか、船が出てくるところぐらいしか類似点はないようです。

悪ノリは他にもあって、守下麻里《もりしたまり》はメアリ・モースタン、今回も登場するシーバス・ラモンは、モリアーティ教授の右腕ともされるセバスチャン・モラン大佐、沙羅華の兄が創設したディオニソス・クラブは、マイクロフト・ホームズが加入しているディオゲネス・クラブからヒントを得ています。

ちなみにディオニソスは、ギリシャ神話に登場する豊穣《ほうじょう》と酒の神で、知性や理性の象徴ともされるアポロンとは、よく対比されて語られる存在でもあります。

実はこの少し前あたりから、僕はギリシャ神話やローマ神話からもネーミングのヒントをちょくちょく見つけています。

綿貫君が就職することになるネオ・ピグマリオンは、彼も少しだけ登場する『神様のパラドックス』が初出ですが、これはギリシャ神話に登場する彫刻を愛する王ピグマリオンにちなんで名付けました。その親会社のアプラＤＴは、愛と美の女神アフロディーテがベースになっています。

また『パズルの軌跡』においても、ラモンの会社ゼウレトは、ギリシャ神話における最高神ゼウスと、彼に誘惑された女神レトの合成です。

沙羅華も加入している天才集団アポロン・クラブは、ゼウスとレトの子アポロンの名をそのまま使い、ディオニソス・クラブと対立させました。

ディオニソス・クラブのメンバーで謎《なぞ》の美人アリア・ドーネンは、ディオニソスと結ばれる娘、アリアドネをヒントにしています。

今回の『卒業のカノン』にも名前だけ登場する天才少女ティナ・ヘインズは、ローマ神話の女神ディアナからのアレンジです。

『究極のドグマ』では、「生命とは何か」を考えながら構想しているうちに、ゲーテの『ファウスト』を意識するようになっていました。手塚治虫《てづかおさむ》先生の『ネオ・ファウスト』の影響も、あったかもしれません。

まず、ゼウレト日本支社高分子研究所の皐《さ》月拳《つきけん》という人物名ですが、〝皐月〟は〝五月〟で〝メイ〟、〝拳〟は〝フィスト〟。〝メイ+フィスト〟で、メフィストです。

生物情報科学の天才、王兵《ワンヘ》牌《パイ》については、〝王〟は〝ワン〟と読ませて、〝ファウスト〟。〝兵牌〟の方は、ギリシャ神話に登場する火と鍛冶《かじ》の神ヘファイストスにちなみました。

また『ファウスト』に登場するマルガレーテ（愛称グレートヒェン）は、主人公たちが探している猫に、犬（グレートデン）の遺伝子が混ぜ合わされているという設定にした上で、丸刈りにされるという説明を入れました。丸刈り猫で、〝マルガレーテ〟です。こうなってくるとネーミングというより、質《たち》の悪い駄洒落《だじゃれ》ですね。お詫《わ》びのしるしというわけでもありませんが、主人公の沙羅華も、話の中で丸刈りにさせていただいております。

一方でホームズへのオマージュも続いていて、今回も登場した木暮久寿《こぐれひさとし》警視は、グレグスン警部がヒントになっています。

『彼女の狂詩曲《ラプソディ》』は、素粒子実験で見いだそうとしている真理をめぐって、二つの組織が競い合うというお話です。

二つの組織の対立を描いていて「課外活動」シリーズの構成ともさほど違和感のないものとして、シェークスピアの『ロミオとジュリエット』や、その翻案ともいえる『ウエスト・サイド物語』があるなというのは、シリーズを始めたころから感じていました。

そして沙羅華を、キャピュレット家のジュリエット、あるいは『ウエスト・サイド物語』のマリアに。最終理論《TOE》――さらにはその先にあるかもしれない真理を、モンタギュー家のロミオ、あるいはトニー《TONY》と位置づけ、彼らにからむ登場人物も『ロミオとジュリエット』や『ウエスト・サイド物語』を時折意識しながら、ケースバイケースで配置していました。

それでこの話に出てくる主人公たちのライバル組織、国際共同エネルギー実験機構〝I

ＪＥＴＯ〟というのも、『ウエスト・サイド物語』のジェット団を参考にしています。また、そのモンターグ機構長は、『ロミオとジュリエット』のモンタギューから名付けました。

実は沙羅華の兄のティベルノも、『ロミオとジュリエット』のティボルトや『ウエスト・サイド物語』のベルナルドを意識したネーミングとキャラクターになっています。

『恋するタイムマシン』は、時間の謎がテーマの一つですが、真理の探究と人間の幸福をめぐって、何年も構想を続けていたものです。またタイムマシンが出てくると、結果的な整合性ばかりが注目されがちだと感じていた僕は、この際、そもそもタイムマシンなるものが本当に作れるのかどうかもじっくり考えてみたかったのです。

ホームズの『高名な依頼人』もヒントにしていて、本当の依頼人が正体を明かさないというスタイルなどを参考にしています。

それで実際に頼みに来るのは、ホームズではダムリーという人物で、それに〝田〟〝無〟〝利〟という漢字をあてて、田無利次《たなしとしつぐ》としました。名前がダムリーだけに、何か無理矢理《むりやり》ですね……。

さらに、元悪人で情報屋としてホームズに協力するジョンスンという人物が出てくるのですが、ここでは〝ジョン〟は〝上《ジョウ》〟、〝スン〟は〝村《ソン》〟で、〝上村《うえむら》〟。それを日系人のウエムラという設定にして登場させました。

その際の「あとがき」にも書きましたが、この作品で僕は綿貫君よりも、時間的なコントラストとして登場するこの老脇役《わきやく》に感情移入していたように思います。もし自分がこの道を選択していなければと考え出すと、老脇役の設定はまったく人ごとではなかったのです。

主人公たちの恋の行方《ゆくえ》が気になってほとんど印象に残らないキャラだとしても、孤独な老脇役の心の叫びは、あの作品を執筆する上でのモチベーションであり、登場人物の恋愛事情にも時の流れを経て大きくかかわってくるものだったのではないかと思います。ちなみに彼は、本作『卒業のカノン』にも、名前だけですが再登場させています。

また、これは作中にも出てくるのですが、恋愛ものと言えばトルストイの『アンナ・カレーニナ』かなと思った僕は、その登場人物のコンスタンティン・リョービンにヒントを得て、両備幸一《りょうびこういち》というキャラクターを設定し、彼に見果てぬ夢を追いかけるか、恋人との平凡な幸福を選ぶかで大いに悩ませたのです。

解説は、僕が学生のころから一方的に憧《あこが》れていた作家のお一人であり、いわゆるジュヴナイル小説も手がけておられた眉村卓《まゆむらたく》先生にご執筆いただきました。情報不足などによる勘違いもいくつかありましたが、タイムマシンものの巻末として作中の老脇役とも重なる、ジェネレーション・ギャップを含めた作品との立体的な効果にも期待したわけです。

本作『卒業のカノン』では、エネルギー問題のようなシビアな題材を扱っていますが、登場人物名を神話からいただく悪ノリと言うか、悪あがきは続いていて、ゼウレトの子会社のアルテミSSは、ゼウスとレトの子で、アポロンと双子で生まれた女神アルテミスからつけました。

その開発部次長の芥田《あくた》功雄《いさお》は、アルテミスによって鹿《しか》の姿に変えられたアクタイオンからのネーミングです。

そして部長の辺見《へんみ》理央《りお》は、太陽神ヘリオスにちなんで名付けました。

なお宇宙太陽光発電に関してはいくつかの資料を参照しておりますが、登場人物が実証実験中のシステムを用いて行ったことは、作者の創作によるものです。

また今回は、これまでよりも事件性の強い話となっていますが、企画当初に僕のわがままを通させていただいた角川春樹氏へのお詫びに、少しでもなっていれば幸いに思います。

このシリーズには一貫して、穂瑞沙羅華の「自分とは何か」という問いがベースにありました。

それは人工授精によって作られた天才という、彼女の個別の事情によるものではありますが、「自分とは何か」は誰にでも共通する疑問ではないかと思います。特に思春期を過ぎたころにおいて、その問いにぶつかったとすれば、まさにその人の人生そのものを揺さぶるほど重いものとなるかもしれません。

〝自分探し〟というような言葉に、人前で自分には関係ないようにふるまうことがあっても、少なからず思い当たる経験をされたことがある方も多いのではないでしょうか。シリーズで僕は、そうした問題を登場人物たちに担ってもらうことにしたわけです。ライトノベルという衣をまとって交わされる、大向こうが鼻も引っかけないような他愛《たわい》ないやりとりのなかに何らかの真理が描けていれば面白いと思って続けてきました。受け止め方はさまざまだと思いますが、当初の意図を持ち続けたままここまで書き続けることができたのですから、作者としては本望です。綿貫君の台詞《せりふ》を借りれば、「一バイトのバグにも五分の魂」（『パズルの軌跡』Ｐ３６９）であります。
　遅筆の僕を辛抱強く支えてくださった歴代の編集担当者の皆様、そして読者の皆様、長い間主人公たちの課外活動を見守っていただき、本当にありがとうございました。

機本伸司

平成二十九年三月

●主な参考文献

・現代電子情報通信選書「知識の森」『宇宙太陽発電』篠原真毅監修（オーム社）
・Newton ムック『人類の夢をかなえる期待の　次世代テクノロジー』（ニュートンプレス）
・ＮＨＫサイエンスＺＥＲＯ『宇宙太陽光発電に挑む』（ＮＨＫ出版）

解説

乙部順子

第三回小松左京賞受賞者の解説を、小松左京のマネージャーだった私めが書く⁉　本来では、ありえないことです。

機本伸司さんのたってのご希望ということなので、「穂瑞沙羅華の課外活動」シリーズ最後の作品のタイトルにならい、「卒業式の送辞」を述べるつもりで厚かましく筆を執ることにいたします。

まずは機本さん、「穂瑞沙羅華の課外活動」シリーズご卒業、おめでとうございます。沙羅華ちゃんも高校卒業、綿さんも沙羅華ちゃんのお守《も》り役卒業、そして二人の新たな未来がスタートという、春にふさわしい内容で最後を締めくくりましたね。機本さんのこれからの新境地にも、期待が高まります。

小松左京賞は、二〇〇〇年から二〇〇九年まで角川春樹事務所が主催し、最終選考委員は小松左京のみ、というユニークな長編ＳＦ小説賞でした。宇宙航空研究開発機構（ＪＡ

ＸＡ）、海洋研究開発機構（ＪＡＭＳＴＥＣ）、日本原子力研究開発機構、理化学研究所の後援をいただき、二十一世紀にむかう人類のためにサイエンス（科学）と人類文明の問題を追究する、ＳＦらしい自由な想像力で創造した物語を期待したものです。

小松左京という作家は、『日本沈没』や『復活の日』『虚無回廊』のような壮大なテーマの長編だけでなく、硬軟取り混ぜバラエティに富んだ多くの中・短編を遺しています。約二〇〇編のショート・ショートを含めた約五五〇編のフィクションでは、鉄を食べる新人種「アパッチ」や美しく妖《あや》しい女性たち、頭がペニスの宇宙人、地球になってしまう男など、さまざまな主役が想像の限りを尽くした世界を繰り広げてくれます。

そんな小松左京が選んだ作品は、毎回、色合いの違うものになりました。

第三回目の受賞作品、機本伸司さんの『神様のパズル』は、小松左京にとっても終生のテーマだった「宇宙と人間」の問題を、真っ正面から、しかも十六歳の天才少女に立ち向かわせるという思い切った物語でした。フェミニストで戦中派の男の子ちゃんだった小松さんには思いもよらない設定です。小松さんも萩尾望都《はぎおもと》さんなど、優秀な女性が活躍することは大好きで応援もしていました。しかし、フロントに立つことの厳しさを知っているだけに、女性が傷つくことはなんとか避けたい、と思う人でした。フィクションの世界では、強い女性が活躍する場合には、たいてい男性をおしりの下に敷いているような設定になっていました。それなのに、穂瑞沙羅華ちゃんは、思いっきり悩み苦しみ、戦って傷ついています。もっともいつも綿貫くんが側《そば》にいてクッションの役割をしてくれているので救われるのですが——。やはり機本さんの体型が小松さんに似ているように、機本さんも女性に対しては「サド」よりも「マゾ」みたいですね。

　機本さんは体型だけでなく、ご出身も兵庫県宝塚ということで、小松さんと共通の関西人独特のテイストをお持ちです。たとえば、作品の中で結構頻発するダジャレやボケは、関西人のしょうもない習性です。ただ、意外（失礼！）にも、ときどき天才少女の感情の機微を代弁するかのようにクラシック音楽のタイトルが登場するのは驚きました。議論が行きづまっている中で、沙羅華の兄さんが好きだったというラヴェルの「亡き王女のためのパヴァーヌ」が流れたりすると、天才は理屈だけでない分野へも鋭い感性を持っていることを何気なく感じさせてくれ、沙羅華の人間味とそれを見守っている綿貫くんとの間に流れる繊細な空気の変化を伝えてくれます。これは、機本さんの隠れた才能の一つをうかがわせます。

　じつは、小松さんも音楽には造詣が深かったのです。四歳年上のお兄さんがヴァイオリンを習い始めると小松さんも真似《まね》をして弾き出しました。昭和二十年の敗戦後、軍国主義的だった旧制神戸第一中学（現在の神戸高校）にも民主主義の風が吹き出すと、小松さんは同級の高島忠夫さんと「レッド・キャッツ」というバンドを組んで「ファイブ・ミニッツ・モア」とか「ティー・フォー・ツー」などを学校の講堂で演奏したり、お兄さんと近所のパーティにダンス曲を弾きに行ったりしていたらしい。歌もうまく、国民歌謡、軍歌、シャンソン、ドイチェリートなど、なんでも歌詞を全部覚えていて歌うことができました。京都大学卒業後、しばらく就職が決まらない間に神戸高校のOBで作っていた素人劇団の脚本を書いたり演出をしていたときには、男声合唱の作詞・作曲もしています。

小松さんは未完の巨編『虚無回廊』の中で、天才生物学者に音楽によるブレイク・スルーを試みさせています。三十八億年の地球生命進化を経て手に入れた巨大な脳みそが産み出した言葉、論理とは別に、絵画、音楽をも表現手段として使いこなす「ヒト」という生物。この不思議な知的存在に対して、小松さんは知能と情動とのアンバランスな未熟さを承知しながらも、最後まで「人間」を信じていました。機本さんの作品の主人公も、最後まで諦《あきら》めず頑張ってくれるので、小松左京的だな、と思います。

もうひとつ、小松左京的だなと思ったところがあります。

話の展開が速い。

この「穂瑞沙羅華の課外活動」シリーズだけをみても、『パズルの軌跡』は、二〇二九年四月の清明（四月四日ごろ）から小満（五月二十一日ごろ）のお話。『究極のドグマ』は、二〇二九年六月中旬から七月十七日の一ヶ月。『彼女の狂詩曲《ラプソディ》』は、二〇二九年七月夏休み直前から八月二十日。『恋するタイムマシン』は、なんと八月二十一日から九月三日。そしてこの『卒業のカノン』は、二〇三〇年立春（二月四日）から三月三十一日の間の出来事なのです。その短い間に、人類滅亡の危機が迫ったりするのだから、せわしない。

小松さんも、たった二年の間に、何億年もの地球の営みを短縮させて日本列島を沈めてしまったのですから、二人ともせっかちなところは共通していますね。

このように、私は小松左京と比較することでしか機本さんについて語れないのですが、小松さんが生涯をかけて問い続けた「宇宙にとって人間とは何か」「実存とは何か」という正解のない大きな問題を、機本さんが一貫して追究する物語を書いてくださっていることに、感謝します。「穂瑞沙羅華の課外活動」シリーズは卒業なさっても、機本ワールドはまだまだ膨張し続けていただきたいと思っております。

（おとべ・じゅんこ／株式会社イオ　代表取締役）

本書は書き下ろしです。

Haruki Bunko
ハルキ文庫

き 5-10

卒業《そつぎょう》のカノン 穂瑞沙羅華《ほみずさらか》の課外活動《かがいかつどう》

著者 機本伸司《きもとしんじ》

2017年5月18日第一刷発行

発行者 角川春樹

発行所 株式会社角川春樹事務所
〒102-0074 東京都千代田区九段南2-1-30 イタリア文化会館

電話 03(3263)5247(編集)
03(3263)5881(営業)

印刷・製本 中央精版印刷株式会社

フォーマット・デザイン 芦澤泰偉
表紙イラストレーション 門坂 流

ISBN978-4-7584-4089-9 C0193 ©2017 Shinji Kimoto Printed in Japan
http://www.kadokawaharuki.co.jp/[営業]
fanmail@kadokawaharuki.co.jp[編集] ご意見・ご感想をお寄せください。

機本伸司の本

神様のパズル

「宇宙の作り方、かりますか？」
——究極の問題に、天才女子学生＆
落ちこぼれ学生のコンビが挑む！

「壮大なテーマに真っ向から挑み、
見事に寄り切った作品」と
小左京氏絶賛」"宇宙の作り方"
という一大テーマを、
みずみずしく軽やかに
描き切った青春SF小説の傑作。